Sevmek dilek tutmaya benzemez
dua edeceksin.

Hikmet Anıl Öztekin

elif gibi sevmek 2

...../...../..........

Hayykitap - 383
Edebiyat - 30

elif gibi sevmek 2

Yazar: Hikmet Anıl Öztekin
Hayykitap Edebiyat Yayın Yönetmeni: Caner Yaman
Kapak Tasarımı: Ahmet Öztürk / www.ahmetozturk.web.tr

Sosyal medya ve dijital PR çalışması Merkez Ajans tarafından yapılmaktadır.
www.merkezajans.com

ISBN: 978-605-9841-89-4
Hayykitap'tan önceki baskılar: 300.000 adet
Hayykitap 4. Baskı : 3000 adet
İstanbul, Mayıs 2018

Baskı: Yıkılmazlar Basım Yay.
Prom. ve Kağıt San. Tic. Ltd. Şti.
Evren Mah. Gülbahar Cad. No: 62/C
Güneşli - İstanbul
Sertifika No: 11965
Tel: 0212 630 64 73

Hayykitap
Zeytinoğlu Cad. Şehit Erdoğan İban Sk.
No: 36 Akatlar, Beşiktaş 34335 İstanbul
Tel: 0212 352 00 50 Faks: 0212 352 00 51
info@hayykitap.com
www.hayykitap.com
facebook.com/hayykitap
twitter.com/hayykitap
Sertifika No: 12408

HİKMET ANIL ÖZTEKİN

elif gibi sevmek 2

Hikmet Anıl Öztekin

Sevmek belki bir gün okur diye şair olmaktır deyip kimseye anlatamadıklarımızı kağıtlara dökmeye başladık. Her kelime biraz yağmur, biraz dem, çokça özlem, çokça sevmek ve muhabbet doluydu. Anlatmak değildi derdimiz, paylaşmaktı. Muhabbet kokulu satırlarda buluşmaktı...

Trabzon'da dünyaya açılan gözlerimiz, asıl görmeye on sekiz yıl sonra bir imtihanla başladı. Bir şeyler olmaya çalıştıkça kaybolup duruyorduk. Biz de çektik elimizi ayağımızı öleceklerden. Dünyayı, dünyayı sevenlere bıraktık. Heybemizde bir güzel dert var, kokusuna şükredip yolumuzda yürüyoruz.

Öyle güzel bir yol sevdirdi bize sevdiğimiz. Yürüdük, özlem ağırlaştı, hüzne bulandık, gözler yaşlandı, yağmur yağdı... Değişmeyen tek şey bir güzelin gözlerine mühürlü gözlerimizdeki buğu oldu.

Bir derdimiz var dedik, kimse anlamadı...
Yandık, yandık, yağmurlar söndüremedi...
Tek keyfimiz hüznün düştüğü gecelerde demli bir çaydı...
Yana yana kül olduk, külümüzden kalanları derttaşlarla paylaştık.
Biz sadece sevdik, insanlar yazıyor sandı...

Hikmet Anıl Öztekin'in Hayykitap'tan yayımlanan kitapları:
1- Elif gibi Sevmek
2- Elif gibi Sevmek 2
3- Eyvallah
4- Eyvallah 2
5- Fesleğen

Her sabah, pencerenizi açtığınızda sokaklar canlanmadan hemen öncesi bir koku vardır. Sessizliğe karışmış bir huzur kokusu. Sanki nefes almayı özlemiş gibi derin derin içinize çekersiniz. İşte o koku geceleyin herkesin uyuduğu vakitlerde derdini geceye ortak eden bir dervişin sevdasının kokusudur.

Derviş, derdiyle yâre hasret kalemini eline almış ve sevdiğinden emanet o gül kokulu kâğıtları yakmıştır. Gece de bu sevdayı kaldıramamış gündüzü ağartmıştır.

Bu kitabı okurken de alacağınız o sevda kokusuyla diyeceksiniz ki;

"Bir Elif sevdası işlenmiş bir adamın yüreğine..."

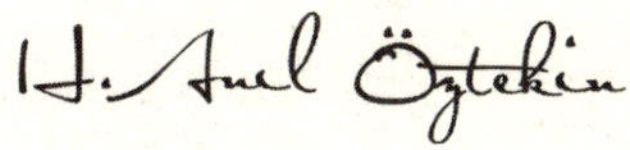

Tefekküre meyl ettiren her yolu,
bir Elif miktarı yüreğine yâr edinen,
dünyaya hâlâ daha alışamamış,
tanıdığım ve tanımadığım herkese...

Aşk-ı Tevekkül...

Aşk-ı Tevekkül

Gözlerimi açtığımda eski ahşap bir evde olduğum, odadaki her detaydan belliydi. Odanın yer ve tavan kaplaması ahşaptı. Bir de kuzineli soba vardı odanın ortasında, biraz pencereye yakınca. Koca şehir İstanbul'da yaşayanları heyecanlandırmaya fazlasıyla yetecek doğallıkta, şirinlikteydi her şey.

Pencereden dışarıya bakmadan, dışarıda toprak bir köy yolu olduğunu tahmin edebiliyordum. Odanın içinde çok az eşya vardı ve hepsi de köy kokulu oymalarla doluydu. Çocukluğum tadındaydı sanki her şey.

Odada, elinde ibrikle biri vardı. Bir hanım. Hangi vaktin abdesti bilmiyordum ama odada yalnız ikimiz olduğumuz için belli ki su tutacaktı bana. Beni bekliyordu. Olacaklardan habersizdim.

Vakte icabet için yavaşça üzerime bir anne özeniyle serilmiş yorganı kaldırdım. Gıcırdayan tahta zeminin üzerinde ayağa kalktım. Nereden geldiği belirsiz bir aydınlık, odayı aydınlatmaya devam ediyordu. Bilmediğim o kadar çok şey varken ona kafa yoramadım. Hanımın beklettiği ibrikle abdestimi alıp sorularımı namazdan sonraya bırakmaya karar verdim.

Dışarısı karanlıktı. Hem sesten hem pencereye vuran damlalardan anlıyordum karanlık, yağmurlu bir hava olduğunu. Sobanın yanmamasına rağmen hiç üşümüyordum. Birazdan öğrenecektim odayı ısıtanın har değil, sevda ateşi olduğunu. Bir kalp tutulması gerçekleşecekti odanın içinde. Şaşıracaktım eşyaların alev almamasına. Şaşıracaktım yanıp kavrulmadığıma. Nasıl bir nefes girecekti ciğerlerime de ikna edecekti kalbimi atmaya.

Su çok soğuktu, henüz su olabilmiş bir buz gibiydi âdeta. Yüzüne bakamamıştım ya da bakmamıştım. Yaşımı, nerede olduğumu, bu hanımın kim olduğunu sorgulamadan bazı hareketleri şuursuzca yapıyordum sanki. Yaşadığım, gördüğüm her şey bir ömür miktarı gibi uzun geliyordu ve sonradan anlayacaktım sadece 6 saniye kadar sürdüğünü.

Hanımın ibrikle döktüğü su ile abdestimi aldım. Küçükken köyde aldığım abdestlerden hatırlıyorum bu suların büyüsünü. Sanki değer değmez tenime etki ediyor ve yenilendiğimi, kirlerimi attığımı hissediyordum.

Kuzineli sobanın üzerinde bakır çaydanlıklar vardı. Bu sefer çay demlemeyecekler, kendileri bir muhabbet demlenmesine şahit olacaklardı. Dışarıda yağmura eşlik eden gök gürlemeleri bile sanki birazdan olacaklara hazırlık yapıyorlardı. İyi bir fon müziği olma çabasındaydılar.

Abdestim bitince elimle yerde, köşede duran havluya uzandım. Bir havlunun da buz gibi olacağı aklıma gelmemişti ki biraz daha çömelerek sol elinde hazırda beklettiği havluyu uzattı. Edepten yüzüne bakamıyordum, henüz sesini bile duymamıştım, kim olduğu hakkında hiçbir fikrim yoktu. Uzattığı havluyu aldım. O kadar sıcaktı ki ve böyle bir odada sıcak bir şeyin olması o kadar mümkün değildi. Sanki ellerimi sadece kurulamadı bütün kirleri, haramları, kötü hâlleri aldı üzerimden.

Henüz namaz kılmamıştım ama huşuyu yakalayabildiğim vakitlerden hatırlıyordum o an içinde bulunduğum hissi. Dışımda tüylerim diken diken olmuş; içimde ise her hücre ayrı ayrı temizleniyor, aklanıyor gibiydi...

"Allah kabul etsin," dedi.

Bu sesi biliyordum.

O ibrikten dökülen su beni başka bir boyuta geçirmişti sanki.

O ses.

Dayanamadım ve başımı yavaşça hanıma doğru döndürdüm. Yüzünün zerresini gördüm ve yetti.

Odadaki 'o'ydu.

Miladım odadaydı. Başlangıç noktam, devamımdı 'o' benim. Canımın özünün canı odadaydı.

Elif. Hafizem.

Daha gözlerinin yeşiline gelmeden içim dışım, varım yoğum gözlerimden döküldü. Kanım dondu. İçimin yüreğe yakın bir kısmına sindi öylece.

Zerresini gördüm ya yıllardır içimde bekleyen o çocuk nefes almaya başladı. Bir bebeğin gözlerini açmasıydı. Bir ümidin varlığının vücut bulmasıydı.

Ben ağladım, gök durdu ve ben sustukça gök gürlüyordu. Bir saniyede bin tane saç telim ağardı. Sözlerim varlığından utanmış, nefes alamıyor gibiydim. Sanki gözlerim henüz açılmış, ilk kez bir güneşin doğuşuna şahit oluyordum.

Yılların bile üzerimde görmeye alıştığı hicran hâli, tek bir kelimene canını verdi ey yâr. Onarılmaz dediğim yaralarımda bir çocuk gülümsemeye başladı.

İçimdeki o mahşeri yalnızlık hep bir ağızdan tek bir hece söyledi;

Elif.

Başka ne desem yalın kalacaktı...

Ben durdum, gözlerini görmeyi bekliyordum. Zaman durdu, gözlerini görmemi bekliyordu. Dışarısı durdu; yıldırımlar, gürlemeler, kıyametler içimde kopuyordu. Yüreğim titriyordu. Solumdan bir ışık karanlık geceye sızmış, umut dağıtıyordu sabırla helalini bekleyenlere. Gözlerimden yaş gelmesine engel olamıyordum. Gittiğinden beri ilk kez gülümsemeyi hatırlamaya çalışıyordum. Kış bahara dönüyordu yüzümde. Gönlümse Rabb'e, şükret...

Yüzünü tam dönmeden, o cennetin yeşillerini tam göremeden;

"Tevekkül et," dedi.

"Tevekkül et ve bana gel."

Ardından;

"Tevekkül et ve Rabb'ine yönel," dedi.

Anlatılmaz, böyle bir duygu, böyle bir hâl anlatılmaz. Bütün duyularının bir ana sütü içer gibi tertemiz hâline bürünmesiydi. Nasıl bir betimleme, bu hâli ayan eder ve bir baba gibi elinden tutabilirdi ki? Tüm bildiklerimin üzerinde bir bilgi.

'Namazını kıl,' diyordu kalbimin nuru...

Soğuk sulardan korkma. Korkma ve kıl ki ayrılık kalksın aradan...

Sevdam, yolum, varlığım, can şenliğim, gülparem... Her şeyim. Sesini duymuştum. O yemyeşil gözler en âşık halimi görmüştü. Yüreğim, dilim, elim, yüzüm sanki her hücrem bir akla kavuşmuş ayrı ayrı Rabb'e şükrediyorlardı...

Sessizdim. Gözlerime bakan bir kâinat cümle görecekti sanki. Gözlerime vurmuştu sanki tüm söyleyemediklerim. Tek kelimesine ömür boyu susmaya razıydım. Tek bakışına ömür boyu göz kapaklarımı mühürlemeye razıydım. Yolumdu 'o' benim. Yolumda Rabb'e yürürken başımı vermeye razıydım. Biri öl dese ölürdüm o an. Tamam gibiydim. Yeterdi o an bana. Elif'i görmüştüm. Hazır gibiydim.

Parmaklarıma tutunan kalemime sığınmıştım yokluğunda. Artık hangi gece uyuyabilirdim? Hangi gece karanlık gelecekti bana. Hangi dünya lezzeti Elif'im ile muhabbet ihtimalinin önüne geçebilirdi.

Sabır sabır diye çektiğim o uzun tesbihi, şükür şükür diye çekme vakti gelmişti artık.

Bir ömür uzunluğunda düşüncelerle başka bir âlemden bakıyordum Elif'e. Daha önce hiç hissetmediğim bir âlemden.

Başka bir yerden, başka biri gibi. Üzerime bir anda ilim yüklenmişti sanki. Bir kapı bir geçiş gibiydi onun gözlerine bakmak.

Sonra bir mektup bıraktı masaya. Mektubun üzerinde açık yeşil bahar dalları işlemesi vardı. "Sana yokluğumda yazdıklarımın bin tanesinden bir tanesi," dedi...

Mektubu aldım elime, gül kokusu yayıldı odaya. Mektup gül kokuyordu. Kâğıt gül kokuyordu.

Hüzün ritim tuttu sanki yüreğimde, yanıyordum baştan aşağıya...

Mektubu okumaya başladım. Her harfi okudukça harf harf tutuşuyordum tekrar.

Onsuz yanmalara alışkındım. Ama bu ateş başkaydı, sensizlikten yakan ateşin binlerce kat üzerindeydi onun kelimelerinden yanmak. Her harfte bir güneş sıcaklığı düşüyordu içime.

Ve birden ışıklar doldu etrafa, ezan okunmaya başladı.

Ezan sesi, tüm seslerin bir karanlıkta aydınlık arasında durulduğu vakit: 'Sabahul hayr.'

Hemen her sabah olduğu gibi yine ezan sesine uyandım ama bu sefer hıçkırıklarla. Vücudum titriyordu. 'Tevekkül, tevekkül... Aşk-ı Tevekkül,' diye tekrar ediyordum içimden.

Elif'imi görmüştüm. Bir vuslat rüyasıydı. Can şenliğimi, hayat membamı gördüm. Tebessümle karışık ağlıyordum hıçkıra hıçkıra...

'Kişi (dünyada ve ahirette) sevdiği ile beraberdir.'

Hadis-i Şerif'ine riayet edercesine şükrediyordum.

Onu gördüm ya, yüreğime sanki derman eklendi. Devamım, Elif'im daha büyüdü sanki sol yanımda. Rüyada bile vuslat bu kadar güzelse, Rabb'im bir kevser ırmağı kenarında serinlemeyi nasip eyler inşallah.

Her sabah vakti bedenimden öte aklım uyanıyordu. Zikir akıldan bedene geçerken, hüzün de kalbe iniyordu. Gözlerim öylece tavanda gezindi. Hayal mi, gerçek mi düşünmüyordum. Sol yanımın en aşk hâlini düşümde gördüm ya; şimdi solum huzur, solum daha bir şükürdü artık...

Her sabah olduğu gibi ezan bitinceye kadar yatağımda bacaklarımı toplamış oturarak bekledim. Duru bir su ile yıkıyordum ruhumu her sabah. Odamı, camın az ilerisinde elektriği sabaha doğru azaltılmış bir sokak lambası aydınlatıyordu. Elimle az çok gördüğüm sehpayı yoklayıp ahşap, Arapça Elif oymalı lambayı yaktım. Hafifçe yeşil bir ışık katıldı sokak lambasına, odam aydınlanmıştı. Âşık her hâli kendi hâline yorarmış. Sokak lambası ve odamdaki gece lambası hiçbir zaman sarılamayacaklar. Ama her karanlıkta muhabbet ediyorlar odamda. Onları ayırsanız da ışıklarını, hayallerini ayıramıyorsunuz. Odamı öyle güzelleştiriyorlar ki kim onların ayrı olduklarını söyleyebilir?

Benim de Elif'i hiç görmeyişim beni yaksa da Allah'a muhabbetimi arttırıyorsa ve tıpkı odama giren o iki ışığın uyumu gibi güzel muhabbette, şiirde buluşuyorsak, ayrı mıydık biz? Hem bedenen ayrı olmak kötü müydü? Birlikte olmak yan yana gelmek midir, yoksa yüreklerin uzaktan da olsa muhabbeti midir?

Yüreğe dokunmadan saçına dokunmak isteyen adamlar gibi mi olmalıydı bir sevda tanımı? Yoksa şiir yazmadan gözlerine bakamayacak kadar edep işlemek mi gerekirdi kendimize?

Öyle sevmen lazım ki bir kadını, teninin olmamasına razı gelmelisin. Öyle içten olmalı ki sevgin, uzaktan size bakan adına 'Aşk' desin.

Öyle Hakk için olmalı ki 'aşkın' ona her bakışında imanın artsın.

En doğrusu özlemle bekleyip alnından öpeceğin ve 'Helalim' diyeceğin o günü beklemek...

Açık camın ardından gelen o kokuya karıştı ruhum. Aşkın rayihası kokuyordu her şey. Yağmur yağmıştı. Sevda kokmuştu o tenha sokaklar.

Ezanın az önce okunduğunu sokağa bakınca açıklayamayacağınız bir renk tonundan anlıyordunuz. Sabah ezanında ışığı açılan o evler. Karanlık sokakta ışıldıyorlardı, bakmaya kıyamadığım o gözlerin gibi. Hele bu sabah öyle bir rüyadan sonra, her ışık yeşildi, her koku sendin bana...

Gönlümse zaten bir çift gözünle uyanıyor her sabaha...

Her zamanki gibi Bismillah. Öyle heyecanla doğruldum yataktan. Soluma dokundum. Sevdan duruyordu, sevdan aslında büyüyordu sol yanımda.

Hasret, vuslattan bir adım öteydi bende. Daha da çok seviyordum seni geçen günlere, sensiz üşüyen zamana inat.

Ben varlığından öte sevmedim seni, yokluğundan öte sevdim.

Yüreğime düşen izahını yapamadığım, yanmaların, susmaların, damla damla, kelime kelime yaşadığım hüznün, huzurla karışık, yeşil gözlerin bende bıraktığı aşk hâli.

Ben sensizliği hâl eyledim Rabb'e giden yolda. Ve bugün de yaşıyordum aklım yüreğim sen dolu halde. Öyle bir inanmışlık var ki üzerimde sanki gözlerimi açtığım her günün sonunda sana kavuşacakmış gibi kalkıyorum yataktan.

Tahminin ötesinde bir tefekkür hâli ile yürüyorum yolumda. Şükür dedim, şükür...

Odamın yer kaplaması tabii ki ahşaptı ve tabii ki ayağa kalktığımda ses çıkarıyordu. Her daim pencerem açık uyurdum. Ya gece yağmur yağarsa ve ben duymazsam? Böyle bir ihtimali ortadan kaldırmak için ömrüm boyunca pencerem açık uyumaya razıydım.

Şehrin ortasında kusursuz bir köy, filmden çıkmış gibiydi odam. Seni unutturabilecek ne sokabilirdim odama? Hepsi senli günleri hatırlatıp duruyor işte. Zaten kapılarının önündeki yeşillik ayaklarını çamur yapıyor diye üzerini betonla kaplamış insanların yaşadığı bir şehirde, seni özlemekten başka ne yapılabilirdi ki? Güneşin ne taraftan doğduğundan habersizdi şehrimdeki insanlar.

O kadar torunun arasında, dedemden kalma hemen her şeyi ben almıştım. Eski radyo deyince herkesin gözünde canlanan o koca ahşap kutuyu da büyük çalışma masama koymuştum. Bazen gece, İstanbul'la birlikte içimi de örttüğü vakitlerde indirirdim şalterleri, yakardım dedemin gaz lambasını ve öyle bir yazardım ki seni. Her gecem bir roman, her gecem başka bir hikâye, her gecemde başka bir dünya çizer, başkarakterlere Elif'le Hikmet'i yazardım. Görürdüm seni. Baktırırdım seni bana. Seni benden ayıran kimseyi yazmazdım kâğıda, ne güzel yaşardık.

Bir renk tanımı yapardım gözlerine bakarken, kapkara kalem yeşil yazmaya başlardı...

Gece teheccüd vaktini yağmurla birlikte etmiştim. Sabah olmasına rağmen, o kâğıt kokularını rahatlıkla alabiliyordum.

Her sabah, pencerenizi açtığınızda sokaklar canlanmadan hemen öncesi bir koku vardır. İşte o koku geceye sevdasını işleyen bir dervişin sevdasının izidir. Dervişin sevdası geceye işlenmiş, gece o sevdayı kaldıramamış ve gündüzü ağartmıştır. Derdiyle geceyi bitiren derviş, yâre hasret kalemini eline alır ve rüyalarından kalan o gül kokulu kâğıtları yakmaya başlar.

Kâğıt yanar, derviş yanar, şiirler yanar...

İşte bu çocuk yüreğime işlenen, en büyük sevda kafiyesinin adıydı Elif.

Bir ayrılığın ardından önce sabrı, sonra vuslatı çağırmak ama ikisinin de gelmeyişine 'Eyvallah' deyip yanmaktı Elif gibi Sevmek.

Gözyaşlarının şiire dönüştüğü hâli, hâlim sanmayın, bana yakın duvarlara sorun yanışlarımı. Yana yana yanması kalmayışları.

Sevda ateşinin derecesini gözlerimden gören gecelere sorun beni. Usul usul küller birleşiyor bir Elif kafiyesi silüetinde.

Bakan değil, okuyan değil, dinleyen değil; aşkın içinde gözlerini, hislerini, beşeriyetini feda eden olmuştum Elif'in yokluğunda...

Yol Elif ise, yön bellidir...

Su soğuktu. Aklıma gelişini sevdiğim, soğuk sulardan korkmamayı sen öğretmiştin bana. Senden öğrenmiştim 'soğuk suyla abdest almak sünnettir' diye. O günden beri korkmuyorum soğuk sulardan. Abdestimi aldım. Bir sen bir de dem gerekti bu hâlime. Yine her zamanki gibi namazdan önce bakır çaydanlıkları ocağa koydum.

Şimdi yolumun sonu olan, yolumuzu yazana secde vakti. İnşallah da seni bana yazmış olana.

Çocukken sırayla kıldığımız o keçe seccadede kılıyorum namazlarımı. Alnın değmişti. Gül kokuyordu. En güzele (c.c.) burada kavuştun. Belki biz de burada, ettiğim dualarla kavuşuruz birbirimize. 'Secde' işte bu dünyadaki cennetim.

Sana âşığım demiyordum. Rabb'im ne güzelde beni sana âşık yazmış diyordum. Ezelden tanıyorum sanki ruhunu...

Namazı kılmaya başladım. Secdeye eğildikçe kalkmak istemiyordum. Ruhum burada çözülüyordu en çok aşka. O'na (c.c.) en yakın olduğum âna kavuşmuşken.

Derdin ki; 'Melekler alkışlarmış namaz kılanı. Onlar da selam verirmiş namazı eda edene.'

Güneş doğmaya yakın. Zikrim, dilimden kalbime indi. Ocaktan çayımı aldım, ince belli bir bardakla. Tek nefes değse de bardağıma, bir gün tek bardak iki nefes değer bu sevda demli çayıma. Dedemin atölyesinden çıkmış eski ahşap masama oturdum.

Hemen her gece harf harf hüznümü işlerdim kâğıtlara. Ellerimi kâğıtların üzerine koydum. Gözlerimi kapadım ve rüyamda okuduğum mektubu düşündüm. Satır satır hatırlıyordum yazılanları. Sanki önümdeydi. Mektuba bakıyordum. Tek bir harfi kaybolmamıştı zihnimden. Okudum okudum...

Ve alarm sesiyle irkildim. Sabahları çok erken kalkmama rağmen bazen yazılara ve şiirlere öyle dalıyordum ki iş vaktini kaçırmamak için saati kurardım. Saat çalmıştı. Elif'imin cümleleri de kursağımda.

Nasıl da rüyamda gördüğüm bir mektup böyle kazınmıştı zihnime kelime kelime. Gün boyunca zihnimde mektubu okuyup okuyup tekrarlayacaktım. Gece olunca da hüznü kâğıtla buluşturma vakti...

Derdim sen olunca, ben derdimi sevmez miyim hiç?

Masamı, notlarımı toparlayıp, son kez çayımı yudumladım. Dünya telaşına karışma vakti. Kravatları sıkmak gerek. Bu modern zaman köleliği. Bir bilsen ne kadar yorgun düşüyorum. İnsan karnını doyurmaktan geçiyor. Bir hırs deryası. Şairin dediği kurtlar sofrası. Kim daha çok nasıl kazanırım derdinde, karınlar şiş, akıllar nefsin kölesi. İnsanların tek derdi milyonlarca evin olduğu bu dünyada 'bir evim olur mu acaba?' Tek zekâ örneğinin daha çok kazanan olduğu bir nesil. Öyle bir zaman ki zincirler ahir zamandan kopuyor sanki kıyamete.

Müslüman dünyası kanıyor sessiz çığlıklarla. Gözler kör, diller lâl olmuş bu vahşeti figana. Hepimiz 'elimden gelse' diyoruz. Diyoruz ya 'elimizden gelsin' diye ne yapıyoruz, orası muamma. Bir çocuğun şekeri toprağa düştü diye ağlaması gerekirken, ölen anne babasına, minicik vücudundan kopan koluna veya bacağına ağlıyor. Bir anne, çocuğu sokakta oyuna daldı diye merak etmesi gerekirken, kurşunlar yavrumu da vurur mu ki diye düşünüyor.

Bir baba ki çocuğunun ölüsünü kucağına almak zorunda kalıyor. Ne fragman, ne senaryo. Hepsi acı gerçek. İnsanın en çirkin yüzü, Müslümanlığın hazin sesi... Kalemim bile yazmıyor bunları. Aklım nasıl alsın ki?

Kusursuz olan İslam, günümüz Müslümanları gaflette.

Dışarı çıktım. Otobüse bindim. Büyük şehirlerde dışarı çıkınca gözlerini gökyüzüne dikeceksin. Yeryüzü öyle lüzumsuz pahalı bir gaflet içinde ki...

İstanbul trafiği. Ruhsuz yüksek beton binalar.

İnsanlar yediklerinin kalorisi kadar haramını helalini hesaplamıyor.

Nefes alınıyor ya, yaşamak sayılıyor. Dualarında aramadığın yârin koca şehrin sokaklarında karşına çıkmasını beklemeyeceksin.

Ezanına gitmediğin Hakk'ın gönlüne sevda düşürmesini beklemeyeceksin.

Bu büyük şehirlerde duygularıyla oynamadığın, kırmak istemediğin insanlar seni saf sanıyor. Sen ise Allah'tan korkarsın, bilmezler.

Hâlbuki böyle mi olmalıydı? Bir şehir sevda kokmalıydı. Alabildiğine yeşilliklerde tek katlı ahşap evler istemiştik biz. Her şey doğal. Yüzlerde oluşan çizgiler bile sadeliğin, içtenliğin izleri olmalıydı. Dağlarında delice koştuğumuz o yeşil, o eşsiz topraktan sevda yolları. Aniden aşkı anlatırcasına yağan yağmurlar.

Aklımdan bunlar geçerken ineceğim durağın sesi geldi. Hayallerimde bile seni yaşıyordum. Kısacık yolculuklarımdan, tüm düş duraklarımın adı Elif'ti. Hepsi bol aminli dualara dönüşüyor, beni avutan her şeyin adı sen oluyordun...

İş güç. Tik tak. İllüzyon vakti. Birkaç yüz insanın daha çok para kazanması için bütün dünyanın köleleştirildiği bir sistem. Meşhur 09-17 saatleri.

Reklamlarda gördüğü şeyleri almak için istemediği işlerde çalışan bir güruh dünyası.

Ve böyle insanlara sükût en büyük duadır.

Üç kuruş emekli maaşı alacağım diye 70. yaşını bekleyen insanlar tanıdım.

Vallahi dünyadaki en mantıklı şey seni sevmekti ve ben de bunu yapıyordum.

Seni sevmek derken yolumu sevmek. İhtiyacım olan tek şey yolumdu çünkü. Hakk muhabbeti edemedikten, ona yaklaşamadıktan sonra iyi bir maaş mı mutlu edecekti beni?

Ve eğer istediğim şey buysa, muhabbetse o halde gerekeni yapmalıydım. Beni muhabbete yaklaştırana gitmeliydim. Şelalenin yanına koyduğunuz testi dolmaz. 40 yıl bekleseniz yine dolmaz. Altına koymanız gerekiyor. İnsanlar da neye inanıyorlarsa onu yapmalıydılar.

Bütün zevkler, keyifler geçiciydi ve zamana, yere göre değişiyordu. Ve bu, o kadar belli, göz önündeydi ki; sürekli gülen, gamsız, mutlu, dertsiz insanları anlamıyordum. Bile bile sonlu, sınırlı, geçici, kendilerini hakikatten uzaklaştıran reklamlarda gördükleri her şeyi seviyorlardı. Allah'a inanıyorlar ama televizyonların dediklerini yapıyorlardı. Anlamıyordum.

Oysaki öyle miydi hakikat? Ölümlüyü seversen, sevgin de ölmez miydi? Sınırlıyı seversen sevgin de sınırlı kalmaz mıydı? Kalırdı. Ancak ölümsüzü seversen sevgin ölümsüz olurdu. Ancak sonsuzu seversen aldığın tattan bıkmaz ve tattıkça daha da lezzetlenirdi muhabbet. Hakk muhabbeti öyledir. Yürüdükçe yürüyesinin geldiği tek varlık O'dur. Konuştukça konuşasının geldiği, dinledikçe dinleyesinin geldiği...

Yalnızlığı sevdirir insana. Hem yalnızlık nedir ki? Reklamlarda gördüğü şeyleri almaya çalışarak bir ömür geçiren insanların yanında olmaması mı? Hakikat arayışında olan tek bir genç mi yalnızdır, yoksa yan yana alışveriş yapıp, dizi izleyen bu milyarlık büyükşehirler mi?

Peki, iki ölümlü bir olur, aradan birbirlerini çıkarırsa ne olur? Yani iki kişi ihlas ile birbirini severse ne olur? İşte bu *aşk* olur.

İkiliğin ortadan kalkıp teklik olma durumu bu dünyada tenezzül edebileceğim tek lezzetti. Ve ben de seninle bunu tatmıştım. Başka ne diye başımı kaldırayım da bir şey arayayım?

Bütün bu muhabbetleri yıllar önce Elif'le birlikte ederdik. Birlikte sohbetlere gider, kitaplar okurduk. O hep benden öndeydi, beni taşırdı, bana öğretirdi. Beni devam ettirirdi. Tamama yaklaşırdım onunla birlikte.

Öyleyse onu sevmek, bir ölümlüyü sevmenin ötesindeydi. Saçını görmemiştim. Onu sevmek tenin, saçın ötesindeydi. İki kalbin birbirine bağlanıp, tek atışa, tek nefese dönüşmesiydi. İşte tüm bunlar dünyada diğer bütün kadınların cenaze namazını kılmam için yeterli miydi? Fazlasıyla...

Her dert bir imtihan, her fark edişten sonraki sabır, bir perdenin kalkması ve Hakk yolunda bir kendine gelişti. Her adımım Allah rızası içindi senden sonra. Her adımım biraz da sana kavuşmak içindi. Hakkıyla yaşar, hakkıyla davranırsam ve sadakatimle dolu bir yürekle sevip beklersem, sana kavuşurum diye inanmıştım.

Ve bundan da öte Rabb'ime boş bir bedenle değil de dişi ve tırnağı ile çalışmış, verdiği bu varlığı boşa harcamadan hakkıyla kazanarak, Hakk yolunda harcamak içindi. Tabii yorulduğum olmuyor muydu sensizlikten? Oluyordu.

Biz bu yola keyifle yürüyelim, ayağımıza taş batmasın, terlemeyelim, yorulmayalım diye mi çıkmıştık?

Daha önce boğazında hiç hıçkırık düğümlenmeyenlerin beni anlayacağını sanmıyorum ama yemin ederim bütün dünyanın sevmeyi bilmeyen ve hayatında şiir okumamış adamlarını sırtıma koysalar, bir ömür taşımaya razıydım.

Gündüzleri dünyevi telaşın içinde aklıma gelen ve beynimin içinde aydınlık kalan tek kelime Elif'ti...

Artık geceye dönüyor gün. Güneş yavaş yavaş kızıllığını bırakıyor gökyüzüne. Al yanaklarına benzemeye çalışsa da gamzelerini unutturamıyor bana. Yolumu Galata'dan uzattım. Biraz senle gezdiğim o taş sokaklarda dolaşmak istedim. Ayak seslerim karıştı sessizliğe. Küçük bir plakçıdan gelen sese, sensizliğin bir alışkanlığı olarak eşlik etmeye başladım...

Hangi şarkıyı duysam bizim için söylenmişti sanki.

Seni özlemek her şarkıda şair kesilmekti;

Çocuklar bile biliyor,
"Hikmet, Elif'i seviyor."
Çocuklar bile okuyor,
"Hikmet, Elif'i seviyor."

Tebessüm etmekten alamıyorum kendimi. Ne güzel de tüm sokaklar gibi tüm şarkılar da sana çıkıyor. Sahi söylesene senden geçmeyen ne var benim dünyamda? Senin olmadığın cümleyi ben yazar mıyım hiç?

Sevdiğim, okuduğum, yazdığım...
Elif'im hasretim...
Rabb'ime yolum...
Rabb'imin gönlüme rızkı...
Her gün daha bir umutlu oluyorum.

Her geçen gün,
sanki içimde tüm karanlık noktalar aydınlanıyor.
Yanıyorum...
İnsan yanışına şükreder mi?
İsmin geçiyor ya yanışıma şükür diyorum.
Sen benim yolumsun, solumsun.
Bana yolumu öğreten solumu tamamlayansın...
Beni devam ettirensin...
Sende benim devamım var...
Bende koca bir sen var...
Varışım Allah, solumun varlığı sensin...

Simitçimiz aynı yerinde. Oradan aldığımız bir simit bir peynirle dünyanın en zenginlerinde olmayan keyfi yaptığımız, o simitçi çocuk da başında tezgâhın. Bir yaşanmışlık var gözlerinin altında. Seni benim yanımda görmediği ilk gün seni sormuştu. O günden beri hiç konuşmadık. Ben bıraksam yazmayı, o devam edecek kadar biliyordu konuyu.

Bakıyor, olmadığını anlıyor.

Bakıyor, özlediğimi anlıyor.
Bakıyor, bende senin yokluğunu görüyor.

Gittiğin günden beri hiç simit peynir keyfi yapmadım, yapamadım. Yapamazdım.

Erkek adam ağlamazmış. Gelip de görün beni, o simitçi çocuğun yanından geçerken. Aynı sokağın aynı köşesinden geçerken gözyaşlarını her seferinde hep aynı noktaya düşürecek kadar yoğunlaşabilir mi duygularınız?

Erkek ağlamaz ama ağlarsa da o gözünden düşen damla yerdeki o kaldırım taşını deler. Eline kalem verirseniz, yazacağı şiiri bulutlar öteden okusanız yürekleri deler.

İşte o gün de sanki gece yazacaklarımı ruhum biliyormuş gibi bir damla bıraktı yere. Yine aynı yere. Yine aynı köşede. O küçücük damlanın içini açsanız bir ülke kurarsınız ansiklopedilerden. Yetmez anlatmaya. Anlatılsa sevda olmaz ya zaten, anlatılsa sevme olmaz.

Ben sadece seviyorum, okuyanlar yazıyor sanıyorlar. Her yazımın içine yaramaz küçük bir çocuk koyuyorum. İşte o çocuk, gözlerini gördüğüm ilk gündür. Bana öğrettiklerin, günahlarımı gözlerimden döktüğüm o gündür.

Uçan bir kuşu köşeye sıkıştıramazsınız ya hani, işte zihnimin bir kuş olmaya karar verdiği gündür o gün. Bir martı güdüsüyle denizleri sevmeye başladığım gün. Özgür oluşumun ilk günü. Sevmeyi, Hakk'ı bilişimin ilk günü. Yüzümün kızardığı ilk gündür...

Senden sonra yürüdüğüm sokakların rengi de değişik, bana bakışları da. Beni suçluyorlar sanki, yalnız bu dünyaya yakışmıyormuşum gibi çıplakmışım gibi hissettiriyorlar. Oysaki öyle kalabalık sokaklar, her yer insan. Ellerin içinde eller.

Bazen en yakınındakiler en uzaktır, uzak dedikleri de en yakında. Kaç şehir varsa aramızda, bir çizik atarım araya bir şiir yazarım çiziğin üzerine.

Sen bana gel diye ses et yeter,
şiirlerden köprüler kurarım yüreğine...

Yine sessizliğin koyu rengine boyanmış kara geceler. Gecelere kara desem de aldırma. Hasreti demliyorum ben gecelerde. Saklı sevmiyorum ama saklı ağlıyorum. Geceler gizler be azizem. Koca bir adamın çocuk gibi ağlayan yanlarını gizler.

Üstüm başım sevda içinde. Hasret çekiyorum. Çöllerde adından serin rüzgârlar esiyor. Denizin dalgası bile adından şarkılar söylüyor. Kayan yıldızlar bile üzerime düşüyor. Yıldızlar ki gözlerinin binlercesi. Gecelerimi aydınlatan. 'Off!' demek yakışmaz ki dilime. Sensizliğe sitem etmek ne haddime. Yazılmış kaderime yokluğunun ağır imtihanı. Sensizlik ki hasret hasret benliğimi eritiyor.

Hiç olmaktan geçmiyor muydu asıl aşk? Aşk-ı Tevekkül gerek her hâlime. Af diyorum sadece. Af Allah'ım. Rabb'im sana ve sevgiliye kavuşmamı engelleyen ne kadar günahım varsa affetsin.

Ahşap kokulu odamda, 'Bismillah' deyip koydum ateşe çaydanlığı. Niyet ettim çayı demlemeye. Ettehiyyatü duasını okudum bereketli olsun çayım diye. Ne güzel de öğrenmişim senden yaşama incelik katmayı. Yaşama sen katmayı. En önemlisi Hakk ile az da olsa yaşamayı.

Böyle demlendiğinde nasıl da demini alıyor çay. Aşkın deminden geçmeyen ne vardı ki zaten? Alışkanlıklarım sana dair. Tüm yaşanmışlıklarım ve yaşayacaklarım sana dair. Duam ahirette el ele bir ömre dair.

Odam biraz dağınıktı. Bir türlü not kâğıtlarımı dağıtmamayı öğrenemedim. Odam özenle modernlikten uzaktı. Kitaplarım bir köşede yatak boyunca uzanan bir rafta en büyük dertdaşlarımdı. Öyle hayallerle dolu. Televizyon almadım eve. Ne gerek vardı. Zaten yaşamın içinde, birçok dayatmayla, içine çekildiğimiz dünya karmaşısıyla yeterince uğraşıyordum. En sevdiğim, o açık yeşil eski ahşap sallanan sandalyede, biraz şarkılara karışmaktı. Sen benim dinlediğim tüm şarkıların arka fonuydun. Elimle soluma dokunup, hele de yağmur ve çayım yanımdaysa; özlemin, eski muhabbetlerimiz bile tebessüm ettiriyordu bu sakallarıma, sen şiirlerin karıştığı yüzüme...

Her insan, bazı şeylerle imtihan olur. Bazı sebepler verilir önüne. Elif de beni beşeriyetten uzaklaştıran tutunduğum dal olmuştu. Birlikte muhabbet eder ve bazen de dinlerdik. Önümdeydi, bana öğretirdi. Biz birlikteyken şarkılar susar bizi dinlerlerdi. Birlikte yaptığımız sohbetler kadar hiçbir şey beni heyecanlandırmıyordu. Elif'in her kelimesi ya yeni bir şey öğretiyordu bana ya da bildiğim bir şeyin içini dolduruyor ve aslını, hakikatini öğretiyordu.

Belki de hayatıma yön veren birkaç bilgiden birini yine sen öğretmiştin bana;

"Bir insanın meselesi varsa, mesuliyet sahibidir ve mesuliyeti olan insan soru sorar. Soru sormaya başladığında perdeler kalkmaya başlar. Hakikat kapısı sorularla açılır."

Ve yine bir gün Elif'ten bir hikâye dinlemiştim;

'Günün birinde bir adam ormanda yürürken karşısına öfkeli bir aslan çıkar ve ondan kaçarken kuru bir kuyuya düşer. Aşağıya baktığında kuyunun dibinde ağzını açmış kendisini yutmaya hazırlanan bir ejderha görür ve son anda yarıktan çıkmış bir ağaç dalına tutunur ve düşmekten kurtulur. Ellerinde gitgide güç kalmamaktadır. Yukarıda kendisini bekleyen bir aslan, aşağıda düşmesini bekleyen bir ejderha vardır. Derken iki fare görür; biri siyah, biri beyaz. Fareler sürekli olarak onun tuttuğu dalın üzerinde gezinmekte ve dalı kemirmektedirler! Az sonra dal kopacak ve adam ejderhanın ağzının içine düşecektir! Adam dalın yapraklarında birkaç damla bal görür, bal damlalarına diliyle uzanır ve onları yalamayı başlar. Ancak hiçbir tat alamaz. Beyaz ve siyah fareler, gece gündüz tutunduğu dalı kemirmektedir. Aslan yukarıda ejderha aşağıda kendisini öldürmeyi beklediği için adam baldan tat almamıştır.'

Bir insan nasıl olur da baldan tat almaz? Almamıştır; çünkü bir derdi, meselesi vardır. Derdi olan insan baldan tat alabilir mi? Dünyadaki geçici zevklere kapılıp, ömrünü harcayabilir mi?

Sadece 70 yıllık emanet sonrasında Hakk'a kavuşacağını bilen insan, nasıl olur da bala dilini uzatır? Nasıl olur da keyfe meyl eder?

Peki, ya bu kör bir adam olsaydı? Fareleri, aslanı ve ejderhayı görmeseydi, yediği baldan tat alacak mıydı? Evet. Çünkü derdi olmayacaktı. Korktuğu, düşündüğü bir mesele olmayacaktı.

İşte derdi meselesi olmayan kişi buna benzer. Gaflettedir, sonu yakındır ama derdi olmadığı için gözleri kapalıdır, sonunu bilmez ve dünyanın beşeri tatlarından keyif alır. Eline gelene sevinir, gidene üzülür. Sürekli sağa sola savrulur durur.

Kişinin değeri, anlamı kadardır. Kişinin anlamını, onun manası belirler. Mana yoksa, anlam da olmaz. Kişinin manası, davası kadardır. Kişi ancak davası kadar mana taşır. Davamızı nasıl öğreniriz? Kişinin davası ancak derdidir. Neyi dert edindiysen, davan da o olur. Peki, bir insanın derdi nasıl anlaşılır? En çok neyi konuşuyorsa, derdi de odur.

Böyle sohbetlerle maneviyatım güçleniyordu. İnsan yolunu sevmez mi? Kendisini yola sokanı sevmez mi?

Sen, sana Allah'ı hatırlatanı sev, gerisini boş ver.

Rehberimi, canımı, cananımı seçmiştim ben. Boğazımdaki ömürlük düğümü seçmiş ve derdimi seveceğime de yemin etmiştim artık.

Zaman işte yâr olunca yetmez, olmayınca da geçmez.

Sabahtan beri zihnimde tekrarladığım mektubu kâğıtlara dökmeliydim artık. Taşıyamıyordum. Kâğıtları yakası geliyordu hislerimin.

Hepsi seni, yolumu yazan kâğıtlar. Mektubunla birlikte gül kokan kâğıtlar.

Sanki sen karşımdaymışsın gibi dokunuyorum her kelimeye. Aklıma gözlerime yüreğime kazınan rüya; hareketlerime, dünyama, maneviyatıma işleniyordu. Tek kelimesini unutmamıştım.

Yâr diye seçtiğin insan rehber olmalı ömrüne.

Sevdamın, Elif'imin rüyamda bıraktığı mektubu ellerim titreyerek gözyaşımdan buruşmuş kâğıtlara geçirdim;

Gönlümün Hikmet'i... Ervah-ı Ezelim...

Çöl Yağmurum... (En çok yağmurun özlemle beklediği yerdir çöl ki ben de seni öyle bekliyorum.)

Gözyaşları gözümü, özümü süzerek akıyor yanışımla. O yanışlardan sonra bir Hikmet yağmuruna karışıp serinliyorum. Adın bir inşirah duasının sonunda saklı hep bende. Aşk imandan geçer. Birini sevmek değil bu. Daha ötesi. Aklımı bırakıyorum senle olan her şeyin dışına. Akıl sırrı değil bu hâlim. Kalp sırrım. Aşk sırrım. Kalp ki latife-i rabbanî. Ru-

hun istidadının Allah olmasının gerekçesi.

Ah yüreğimin güzel efendisi. Gözümü bir sende açtım. Kadın bir kere görür ve gördüğü, ruhunun sevdiği olur. Sevdiğini iki cihana taşımak için. Ben sana öyle bir açtım ki yüreğimi, artık sadece senin devamın olan seni devam ettiren bir ruh.

Unutma ateşimiz sevda, dermanımız Hakk.

Çocuk bir yürekle öyle güzeldi ki her şey. Yaşımızın hükmü yoktu. Muhabbete, Allah karışınca tatlanır tüm zehirler...

Nasıl da dinlerdik muhabbetleri. Harfler sanki içimize işlerdi. En çok da Efendimizin (s.a.v.) sevgisini örnek almıştık kendimize. Kördüğümün, düğümün gerisinde bir ilmekte de olsa bir olmak, bağlanmak için.

Sünnet icra etmek kalben, farz olandan sonra en mühim kul hâliydi. Ben de zerre bir toprak tanesi olamasam da o yolda öyle sevdim ki tüm sevginin iman hâlini sende yaşamak istedim. Aydınlanmadan sabahlar, namazının arkasında namaz kılan olayım istedim. Bir buğday tanesi gibi toprağında yeşerip, toprağında Rabb'e can vermek için.

Şimdi beyazı giyinmiyorum. Beyaz ki artık vuslata emanet. İnan o kadar ki içimin huzuru. Kefenime harf harf işliyorum adını. Biliyorum ölüm de bir düğündür. Ölüm asıl düğündür. Güzel hazırlanmak gerek. Önce en büyük aşka yola.

Sonra ahiret için dileğim sana.

Kızmıyorum kimseye. Sadece incinmişliğim çok yakıyor. Adını koyamasam da sensizlik bana ağır geliyor.

Kelamlarıma kimseyi değdirmek değil niyetim. Bir seni değdireyim her kelimeye. Hasreti sanki sığdırabilecekmişim gibi. Vuslatı kelime kelime dokuyabilecekmişim gibi. Ayet ayet sarınırken aşkı, ezber ettikçe her Allah kelamını. Dua dua seni diledim.

Hafizem deyişin kulağımda yankılanıyor. Dağlara ses verircesine, dağlardan yine sesin gelircesine yankılanıyor.

Dünya telaşına kapılmadan ayet ayet, bir nefes vuslatı içine çekmek için okuyorum, kılıyorum.

Bilmezdim bir ateşin yüreğimi dumansız yakacağını.

Yoluna tevekkülü sığdır. Tevekkülsüz aşk olmuyor. Aşk zaten imanın gerçeği.

Sensizliğin vehminde bir dünya yorucu biliyorum. Efendimizden sonra indirilen her kelamın onun yanında etkisiz kaldığı Kur'an-ı Kerim'i bol bol oku. Ne güzelde ferahlatıyor içi.

Karanlık gece yok, Kur'an'ın sesi karışırken. Her ayet bir baş-

ka bir beşeriyet zincirini koparıyor benden. Saf bir sevda bırakıyor. Seni bırakıyor.

Varlığın hükmü yoktur bilirim. Bir senin izini taşıyorum dünyada.

Öyle bir iz ki; tuzu yarama katıyor da ahım çıkmıyor, geceyi acı sarıyor da tevekkülümü dindiremiyor. Sen benim yaramsın da dermanımsın da. Ben sabrı öğrendim. Yeniden yanıp yeniden küllerinden bir sevdada yanmak için. Ve bu sevda yanışımla bir kat daha sevebilmek için.

Hikmetim... Aşktan nasibini almak da bir lütuftur. Gönlümüzün lütfunda bir Allah aşkını merkez bilip yanmak duasıyla...

Vuslat demeyeceğim seni bana yazan, yüreğime Hikmetini düşüren Rabb'im elbette sonumuzu da hayır yazacak.

Hep yüreğime koyarak eksik etmediğim, en çok inandığım sözle bitiriyorum.

"Kulum beni nasıl biliyorsa ben öyleyim."

Biz, Rabb'imizi; Bağışlayan ve Esirgeyen Allah adıyla anarsak o bizi bize bağışlar...

Âminim. Duam bulsun seni.

Hafizen; Elif...

Bu gözlerimin önüne kazılan, kelime kelime hatırlayıp kâğıda döktüklerim benim hayalim miydi? Yoksa Elif rüyama mı girmişti? Gerçekten Elif mi göndermişti? Yoksa bilinçaltımın Elif'ten beklediklerini bana göstermesi miydi?

Seven biriyken sevilene mi bürünmeye başlamıştım? Elif gerçekten beni bekliyor muydu? Beni, onu sevdiğim kadar seviyor muydu?

Aklımda birkaç dünya soru birikmişti. Yüzümün rengi kaçmış, ellerim titriyor, sanki saçlarım bir mektupla beyazlamıştı.

Hemen her gün rüyamda gördüğüm Elif'ten bir mektuptu. Yoksa ilk mektup muydu? Elif'i tekrar görecek miydim?

Her zamanki gibi kendi demlediğim çay elimde tüm bu olanları üzerimde taşıdığım hâli düşünürken gecenin yarısı olmuştu.

Her gece yaptığım gibi yine sensizken içime atıp yazdıklarımı bir dua niyetine okuma vakti gelmişti. Onlar ki kalbime dokunan sen yanlarımın yazılan hâli. İnsanlar yazıyor diyor, bense sadece seviyordum ve tek hecem hep Elif'ti. En uzun cümlem de en kısa cümlem de.

Elif'im, hafizem, gönül bahçemin tek çiçeği,
sana yazamadıysam da, seni yazıyordum artık.

Sensizken seni yazdığım kâğıtları elime alıp okumaya başladım.

Belki tekrar rüyalarda buluşuruz, tekrar gelirsin diye karanlığa selam ettim ve bir dua bıraktım geceye, hiçbir duamı sensiz bırakmadığım gibi;

"Melekler kalbinden öpsün sevdiğim!"

Elif'e dair...

Aşk-ı Tevekkül

'Bismillah' deyip gönlüm başlıyor niyaza. Dilimin ilk hecesi Elif, son hecesi de Elif'ten başlayarak Allah. Bir dua iliştiriyorum tüm acıyan yanlarıma. Öyle bir dua ki, önce yokluğundan başlıyor, sonra aşka bulanıyor. Sarınıyorum aşk yükünü. Sadece Rabb'imden tevekkül istiyorum. Öyle bir tevekkül ki;

Bir inşirah serinliğinde, bir tomurcuk tazeliğinde huzura bulasın istiyorum acıyan tüm yanlarımı. Hüzünden geçip, dilimden öte kalbime bağışlasın istiyorum en güzel aşkı. Vakti ne zaman son olacağını bilmediğim ömrümde, uzun gibi görünen her şeye inat ben tevekkül istiyor ve ediyorum. Öyle bir tevekkül ki;

Acımın kızıla boyadığı gökyüzünde, aciz tüm yanlarımı katıp bir umut kapısının önünde istiyorum ki yeni bir ışık doğsun geceme. Suskunluğumun adı sen olsun. Elif olsun. Aşk-ı Tevekkül olsun. Kuşansın ruh bu dünyada en dayanıklı giysiye. Kuşansın işte *"Rabb'inin kuluna kâfi"* olduğu o ayete.

Bir tevekkül iliştir ey Rabb'im gönlüme. Gönlümdeki dalgaları hırçınlaştıran, geceyi bir kat daha siyaha boyayan kayıplarıma, yanışlarıma, susuşlarıma.

Bir tevekkül bağışla Rabb'im nefsimi perde yapan o tüm dünyevi yanlarıma. Titriyor yüreğim, gözlerim âlemi bulanık görüyor, nefesimse boğazıma sevda düğümlü. Yutkunamıyorum artık. Geçsin boğazımdaki düğüm yüreğime, iki âlem bir tek sevda düğümüne. Kalksın aradan perdeler. Gözlerimin yaşı yüreğime binlerce kez abdest aldırsın. Kaksın kalbe karartı olan o perdeler. Sevdam gözüksün. Bir Aşk-ı Tevekkül et Rabb'im şu ruhuma. Uzakları yakın eden dualarıma biraz daha sabır karışsın. Elif'in yanında değil diyenlere, unut bu sevda da geçer diyenlere, *varlıktan öte yoklukların yakınlığının huzurunun sadece inanmak olduğunu* göstereyim. Rabb'im aşklara, kalbine sevmeyi en büyük rızık bilen Elif'lere Hikmet'lere, Aşk-ı Tevekkül'ü nasip et. Yaşar gibi görünen ama yaşamayı bilmeyen tüm uzuvlarıma bir diriliş hâli gönder ki, artık hakkıyla sevmeyi yaşasın. Sevdalar yol, yollar bir sana olsun.

Aşk-ı Tevekkül istiyorum; bir Hz. İbrahim yanışında, bir Hz. Eyyüp sabrında, bir Hz. Ali sadakatinde ve en önemlisi Hz. Muhammed eminliğinde...

Tüm aciz yanlarımla, boynum bükük, gözlerim nemli, bedenim ağır, yüreğimse zaten dumansız bir yanış hâlimle, Rabb'im Sen'in (c.c.) aşkını senden istiyorum. Sonra bir Elif sevdasında, yüreğimi sana meylettiren aşkı da senden istiyorum. Sana emanet yanım sol yanım, tam sol yanım diyorum. Çünkü solum 'O'.

Elif'im. Seni, senin yokluğunda aşka aşk katıp, içimin içini açarak geliyorum. Seni emanetleri kaybolmayan en güzele emanet ediyorum. Gün biterken hep bana söylediğin gibi ve bildiğim tüm duaları okuyorum. Aşk-ı Tevekkül ediyorum...

Nasip ol diyorum, yüreğimin imtihanımdan Rabb'ime sığınıyorum. Şehirler uzak yanım olsa da nefesin uzak yanım olsa da ben duan kadar yakınım, biliyorum. Sonrası mı; çatlayan ruhuma bir tevekkül serinliği! Aşk-ı Tevekkül ediyorum...

Dalgaların Sesi Elif Diyor

Sahur vakti Boğaz'da tek başımayım,
mevsimini terk etmiş bir kar yağıyor sanki yüreğime,
soğuktan donacak gibiyim.

Bir ritim var beni ayakta tutan,
gözlerimi kapatıyorum,
dalgaların zikri şiir yazıyor Boğaz'da.
Her ses yürek süzgecinden geçince 'Yâr' olur.
Denizin dalgası Elif der mi hiç?
Duyduğuma yemin ederim...

Öylece

Ne güzel de çökmüştü gece,
Öylece...
Hafif serin...
Dua edesi geliyordu insanın...
Ezanla daha da sarınca yüreği huzur;
Gönül hazır ola geçiyordu, bir secde hâline...

Elleri yüzleri namazın güzelliğini yansıtan insanlar
doldurmuştu avluyu...
Çaylar gelmişti,
Gönüller secdede demini alınca çaya tat gelmez mi,
Kelam Allah'a varınca, sohbete şükür gelmez mi?

Şükrüm senden de geçiyordu yâr,
En çok da senden...
Yolumu aydınlatan,
Kalbime huzur veren senden...
İlk kez sen düşürdün bu ışığı içime,
Sen doğdun ya içime, sabahlarım iki kez aydınlık artık...

Başımı kaldırsam yanımda sen vardın...
Hafif serin rüzgâr,
Gönül ocağında demli çaylar...
Yutkunduğum bir sen vardın.
Ama bir türlü geçemediğim...
Geçmek de istemediğim...

Hafizem

Gözlerimde bir kırgınlık var,
senin olmadığın her yerde bir eksiklik,
yağmurun sözünü tamamlamasını bekliyorum,
kapımın önünde bir çiçek açacaktı,
yaprağında adın...

Söyle sevdiğim kaç yağmur daha bekleyeceğim,
bilse bu sevda şehri geleceğin vakti,
gökten İstanbul yağacak biliyorum.

Adımı söylese yeter dediğim kadın,
gözlerime bir kez daha baksa ölmem dediğim kadın.
Bana okumayı öğreten,
kıldın mı diye mesaj atan kadın...
Hafizem,
Elif'im...
Can özüm...
Bu nasıl bir sevda, nasıl bir tanım,
nereye kadar taşıyacağım bu manayı,
yazdıklarıma bak, kokusundan anlayacaksın
yanmak, kül olmak üzereyim.

Benden İçeri

Yanışım...
Biz ayrı değiliz ki
uzak kelimesi sadece aklıyla sevenler içindir.
Benim gönlüme sen düştün düşeli,
ne uzağım var,
ne sensiz bir yanım...

O yok diyorlar, burada değil, o sana yasaklı...
Var var diyorum hem de öyle bir varsın ki
benlik yok, sen bensin.
Her hücremde dolaşan senken,
her kelimem senle başlayıp, senle biterken,
gördüğüm her deniz yeşile çalarken,
geceleri hasret gözüme vururken,
yağmurlar bile seni fısıldarken...

Nasıl derim 'sen yoksun' diye,
Nasıl derim 'uzakta' diye.

Onla yanıp, yine onla sönerim,
benden öte, benden içeri 'o' var derim...

Eylül

Eylül;
mevsimlik bir işçi gibi,
bir bardak çayla, aşka çalışan...

Bu aşkla gözleri parlayan küçük bir çocuk hâli,
yürekte kıpırtısı eksik olamayan,
düşmeleri, kalkmaları hep bu aşka olan...
Bazen de merhametin merheminden sürülen şefkatli bir baba,
Öylece saran sevdiğini...

Bu yüzdendir içimde hep bir eylül hikâyesi,
başı olup sonu olmayan...
Yazıldıkça kendi içinde yeniden can bulan,
canım olan...

Ve eylül, özlemlerim!
En keskin virajı aldığında,
ne denli özlediysek deniz kokusunu,
onlarca şehir ötesine düşen yağmur kokusunu getiriyor bana.
Eylül geliyor,
Şükre götürüyor...

Uzaktan Sevmeler

Bir kadın seversin...

Bakışları ağustostan daha sıcak olan.
Öyle bir yakmıştır ki gözlerini,
başkasına baksan kefen giyer gözlerin...

Sonra sevdiğin kadınla aranıza yollar girer.
Mesefaler girer.
İnsanlar girer.

Sizi ayıranlar sanır ki unutacaklar.
Hangi şehir o kadar büyük,
o kadar mesafe yaratılmış mıdır dünyada?
Seven kalp için mesafe mi vardır?
Âşığın gözlerinin hükmü yoktur sevdiğini görmesi için.

Kalp saklı bir sırdır.
Sevdikçe keşfedersin, zamandan soyuttur.
Mesafe tanımaz.

Gözlerini kapattığında ya da açtığında, yanındasındır sevdiğinin. Çok uzaklara bakman gerekmez, kalbinin içine gönül gözüyle bir bakman yeterli. İnsanın solu, yâri kokarmış. Allah için sevenlerin solu, sağından aydınlıkmış. Bir caminin sabah namazı için aydınlanması gibi nura boyalı.

O zaman işte kalp sırrı, sevda sırrına karışır bir olurlar. Sevdiğin bedenden çıkar yolun olur. Nereye mi gider yol? Allah için sevmelerin yolu Allah'a çıkar.

Aşk,
ruhun ruhu tanımasıdır.
Ruhun Allah yolunda varlığa soyunmasıdır...
Ve sevdiğin kadın aslında yanındadır.
İçindedir.
Varlığı da gelirse eyvallah.
Her günün yarışır bir bayram günüyle...

Böyledir sevmek...
Sevdiğine nasıl baktığına bağlıdır her şey.
Ya çıra gibi yanarsın ya da âşık gibi.
Göz görmez de gönül severse,
kalp tıkır tıkır sevdiğiyle kavuşmaya ayarlı bir şekilde atar.

Artık baktığın her yer sevdan olur.
Sevdansa baktığın yeri aydınlatan yolun.
Yolun sonuysa Asıl Aşka...
Yaradana...

"Aşkın imana dönüşecek, uzaktan sevmeye devam et..."

Yağmur Ağlıyor

Yağmur bizim şahidimiz.
Utangaç bakışlarda da vardı,
kokunu bile alamadığım gecelerde de.
İnanmıyorlar yağmurun sen koktuğuna.
Seni sevenin yağmura karışası, toprak olası gelir diyorum inanmıyorlar.
Aynı gökten aynı sevdaya yağıyor.
Aynı yağmurda ıslanıyoruz.
Yağmur 10 senedir üzerimize aynı anda yağıyor.
Ne zaman seni özlesem, aynı anda yağıyor İstanbul'la Trabzon'a...
Elif'im,
bu ayrılığa sanki bizden çok
yağmur ağlıyor...

Tevekkül Hâli

Anlatabilseydim...

Önce yağmur ol derdim.
Damla damla inerek, inceden yüreğe dokunman için...
Sonra, belki sabrederdim.
Yağmurda yapılan duaların manasına ermek için!
Ve anlatabilseydim ve anlasaydın eğer sen, ben yağmur bulutlarını yüreğime taşımazdım...

Öyle kafiyelere ihtiyacı yoktu sözcüklerin. Sen yağsaydın, ben güneşli günler ardından yağmur sonrası gökkuşağı gibi renk renk olurdum. Her rengim sevdamın sen hâliydi.

Fakat vakit rengini hüzne bıraktı. Hem de ne hüzüne.
Gözlerime çakılı bir sensizlik hâli,
yüreğimde yılların eskitemediği
ve asla eskitemeyeceği bir tevekkül hâli...

Seni Yazacağım Bana

Nasıl okursan oku, bana çıkacak yollar yazıyorum sana. Belki beyaz bir kış akşamı yakışacaksın yollara, belki de İstanbul beyaz bir kış akşamını bekliyor seni bana vermek için.

Gitmeni öyle sevmedim ki ben, geleceğin günü yazıp yazıp duruyorum.

Beyaz bir kış gününü yakıştırıyorum gelmene.
Gelinlik serilsin ayaklarına,
gelinlik yalnız benim yanımda yakışırdı sana.

Geldiğinde baştan aşağı sen kesilmiş beni bulacaksın karşında.

Ve yazdığım hikâye ikimizin. Bu kitap ikimizin. Yazarı bensem, yazdıranı sensin. Hiçbir zaman gücümün yetmediği o mutlu sonu, geldiğinde gözlerine bakarken yazacağım.

Öyle yazacağım işte,
adından öte tüm harfleri devireceğim,
öyle güzel bir yol olacak ki Hakk'a,
kimseler ayıramayacak bu sefer bizi.

Yazılmış bütün kitaplardaki ayrılık kelimelerinin üzerini çizip, üzerlerine senin ve benim ismimi yazacağım. Kelimelerin gülümsemesine şahit olacak insanlar...

Öyle yazacağım işte.
Başka hiçbir kelimeye ihtiyaç kalmayacak,
yanına varmış olacağım.

Ve ben böyle saf duygularla yaza yaza seni,
belki Hakk da bir gün murad eder ve cennete yazar adımızı...

Gönül Rızkı

Bir kadın...

Önce şiir olur dokunur yüreğine,
bakışın değişir, ruhun istidadı değişir.
Şiir yazmak değil 'şiir yaşamak' istersin.
Bu ne dil işidir ne de akıl işi.
Kâr etmez yüreğine tembihlemelerin,
soluksuz kalırsın!

Saç tellerine kadar kırılabilen bir kadını seversen eğer,
'Helaline' beklettiğin dualarını edeceksin ona,
Her ezan sesine,
Her namaz sonrasına...
Yağmurla, rüzgârla ve doğan güneşle...
Gece örtülen karanlıkla bile ismini duadan öteye
bırakamazsın...

İyi olsun...
Şükür olsun deyip,
razı olursun sadece bir kadını koymaya yüreğine.
Bir kadın olsun dersin,
Ana olsun...
Gözleri gülsün,
cennete ilk adım,
iki cihan,
bir gönül rızkın hep 'o' olsun istersin...

Gece

Uyuyup uyanırsın...
Sol yanın yoklaması tutmuştur gene!
Özlem,
Sevda,
Hüzün,
Sabır,
Dua...
Buradadır hepsi!
Ve nice sevmelere dâhil kelime varsa, teker teker yüreğin geçit törenindedirler.
Gecelerime, gündüzlerime karışan bu sevgi;
Sol yanıma rızk olmuştur.
Şükür vardır ardında...
Kelamlardan öte... birkaç damla gözyaşı bırakır kendini gecenin karanlığına.
Bu damlalar küçük de olsa, kaybolmayı, 'hiç' olmayı göze almışcasına senin denizine ulaşıp, karışmak için sıraya girmiştir.
Benim şehrimin denizi yoktur.
En önemlisi... 'Sen!'
Bana senin olduğun şehir lazım.
Ötesi yok!
Çöl de olsa şehrin,
Ben yüreğinin denizine hasretim.

Uyku düşmeyince nasibe, özlemek hükmünü keser gecenin...

Öyle Yakışırdın ki

Bir kere de kaldırdığımda kâğıtlardan başımı
seni görsem,
adını yazdığım duvarlar bile öyle huzur öyle naif
biraz Hikmet'ti bu sevda, biraz da Elif...

Bir kez senle gün aysa,
gözlerim seninle aralansa,
ezanı hiçbir şeye değişmem ama
öyle yakışırdın ki sabahlarıma...

20 günlük bir kedinin su içişi,
yağmurdan sonraki o toprak kokusu,
hepsi cennetten değil mi,
Hikmet'in yanında da Elif'i...

Özleyenlerin özlenenlerin
bir Elif miktarı duaları kabul olsa,
uzaklar yakın olsa,
Rabb'im kavuştursa…

Arda Kalan

Şiir bazen bir bilet alıp sevgiliye gitmektir,
Öyle ucu kıvrılmış bir şiir,
can kenarı yolculuklara çıkarır seni...

Bulut olur, yağmur olur, yağar inceden mısralarıma...
Bir türkü gibi efkâra durur,
bir çayın deminde zamana vurulur...
Boğazında sevdiğine düğümlü cümleler görürsün...

... ve bir bilet gibi şiirinde ucu yırtılır
tek sefer yazılıp orada kalan.
Hep arda kalan...

Adam

Bir adam vardı.

Bir gün denizlerin en derin noktalarını içinde saklayan yeşilin
koyu bir tonuna baktı,
baktıkça içinde kaybolmuş,
baktıkça aldığı nefesten olmuştu...

Atladı denize adam.
Yüzme biliyordu
ama yüzmedi.
Zaten sevmek geçmekti,
Maldan,
Candan,
Kendinden...

Sonrası gözlerinden ince yağmurlar dökülüverdi.
Ve fısıltılar, buğulu kalbe duyururcasına;

"Öyle sevdim ki ne tene değdirdim bu sevdayı ne de akla...
Sadece yüreğimden dualarla göklere saldım bir kuş misali."

Dedi ve birkaç yudum çay daha aldı...
Denizler dem tuttu.
Çay dalgalandı...
Var olan her şey sevdaya karıştı!

Kelimeler 2

Yüreğimde derman buldukça seni yazıyorum,
artık dilim ne kadar inerse yüreğime...

Kelimeler hasretinden yorgun düşüyor bazen...

Seni yazmak o kadar zor ki
sen ki dilime Rabb'imin bağışladığı en güzel kelamsın...
Sen ki aşksın, bu aşkla yanışımsın...

Sensizlik benim çekilesi çilemmiş ey nuru gözüne boyanan can özüm,
Kalem bile çekmiyor bazen bu acıyı...
Hep düğümlü cümleler, yokluğunun getirdiği.
Sitem etmiyorum yokluğuna,
bu ayrılıklar da sevdaya dâhil değil miydi?

Tenin değildi beni yakan, özündü aşk kokan...
Vuslatı ben dünya için bilseydim,
Sevdam bir kuru alev gibi sönerdi.
Her yağmurda ben yağmura karışmazdım,
yağmur yağarken bile yanmazdım.
Artık yağmurlar söndürmüyor yanışımı...

Sen ki rahmete susayan sol yanımsın...
Ben vuslatı ahirete sakladım yâr, o kevser havuzunun başında
bir cennet değil, iki cennete...

Biri bu dünyada cenneti gösteren gözlerin,
diğeri duamızın varış noktası olan cenneti âlâ...

Sen olmuş kelimeler...
Bu sevda da yazmak da hâl oldu bende...
Seni sevmelere, yazmalara doyamıyorum,
Seni anlattıkça, seni yazdıkça içim biraz rahatlıyor...

Sen hem yanışım
hem bu yanışımdan dolayı şükrüm,
kelimelerim de ses veriyor bazen,
yüksek dağlara haykırmışım gibi...
Bir yankı Elif Elif diyor...

Bir Elif perdesi ki artık dünya gözüme gözükmüyor,
Kelimeler bulanık...

Gözlerinin hayalini
ne kelimelere sığdırabiliyorum ne de bu yüreğe...

Gözlerim yağmura karışıyor,
rüyalarımda bile seni aramaktan yorgun düşüyorum...

Biliyorum bu kelimeler son kez kâğıda değdiğinde
son şiirimin son harfi sen olacaksın...

Şimdi yine hasretinden yorgun benim kelimelerim.
Bu sevdanın,
yazdığım kelimelerin hakkını verememekten korkuyorum...
Bu yüzden yine bir yanı sensizlik, bir yanı sükût dolu
kelimeleri giyiniyorum,
harf harf sen olan...

Hep O'na, en güzele;
Emanetleri emin olan Allah'a emanet ol...
Sevdiğim...
İlk yağmurum...
Can hecem...
Sabrım...
Bir tanem...
Nefesim...
Ne söylersem söyleyim canımın içi...

Kalbe dokunan senken kelimeleri söyle, senden uzağa nasıl bırakayım.
Can özüm...
Seviyorum...

Susacağım

Şimdi hangi kelimenin eteğinden tutup sana sesleneyim?
Hangi sevgi sözcüğü ile hitap edeyim?
Tek bildiğim satır satır sana boğulduğum.
Allah için sevip sustuğum...

Sen benim en büyük suskunluğumsun,
en çok konuştuğum hâlim olan...

Sen benim en büyük yalnızlığımsın,
en kalabalık yanım olan...

Sen benim en çok yazdığımsın,
en az eksilen cümlem olan...

Sen benim varımsın, yokluğum olan...

Geçemediğim,
geçmek de istemediğim yolumsun hep Rabb'e olan...

Işığı yolumu gösteren,
duruşu hâlim olan...

Öylece sensin işte yazacağım tek şey.
Ötesini sen gelene kadar susacağım...

Kıyındaki Şükür

Aklımın kıyılarında açığa çıkıyor sahipsiz bir sandal...
Aklıma sarılı ipi çözüyorum o an...
Sandala atlayıp başlıyorum sana gitme umuduyla...
Sabahla gece arasında bir kızıllıkta...
Sen dediğimde öfkeli Karadeniz bile dinginleşiyor,
bir gökkuşağı oluşuyor evimle evin arasında,
altından geçiyorum,
sana attığım her adımda,
sana çektiğim her kürekte bahar geliyor gözlerimin önüne.
Adın baharın, huzurun habercisi.
Taptaze umutları yaşatıyor içinde.
Bembeyaz çiçekler açıyor adını duyan her bahçede.

Akıldan geçtim artık, hiçbir kıyaya yanaşmadan sürecek
yolculuğum.
Kelimelerimden bulutlar, gemiler ve yıldızlar yapıp,
süsleyeceğim gökyüzünü.
Senin yürek dualarına girene kadar yüzdüreceğim
umutlarımı...
Ve kıyına geldiğimde,
elime bir avuç şükür alıp, yüzüme çarpacağım.
Şükür diyeceğim, şükür kavuşturana...

Kavuşur muyuz?

Bir gün daha geceye döndü. Gündüz gecesine kavuştu. Derdine, dikenine kavuştu. Ben de gündüzün gecesini sevmesi gibi sevdim Elif'in yokluğunu. Nasıl gece gündüzün devamıysa, Elif de benim devamımdı. Birkaç şehir mesafeden korkup, niyet bozulur mu? Bir çiçeği koklarken düşünür müsün?

Hem ne farkım var bir gündüzden?
Sesini düşünsem bir deniz süzülür yanaklarımdan,
yüzümde beyaz bir bahçe büyüttüm sadece senin sevdiğin kokan,
sağ elimde binlerce insan yaşıyor,
seni nasıl sevdiğimi anlatıyorum onlara, gözleri haramdan sakınıyor.
Tevekkülü anlatıyorum onlara, besmeleyle başlıyorlar sevdalara...
Gözlerimi kapatıp, seni gördüğümü anlatıyorum
ve artık inanıyorlar bana...

Bu şiiri yazarken,
Gece gündüzüne kavuştu bugün de...

Elif, hafizem,
biz de kavuşur muyuz?
Gece de olur, gündüz de...

Gitsem Diyor İnsan Bazen

Sığmıyor yürek eski yerine,
ne de ben eski hâlime benziyorum.
Öyle bir yer açtım ki sana yüreğimde,
ne bir beşeri dert giriyor içeri ne de bir benlik zuhuru...

Gitsem diyor insan bazen! Kelimelerini de iç çekişlerini de alıp gitsem diyor. Zaten belli bir yerden sonra içine attıklarını taşıyamaz oluyorsun. Saatlerin yâre hasreti gösterdiği vakitlerde, gidesi geliyor insanın...

Dualarıma yağmurlar sızıyor,
can bir lokmada çıkar da
bu yürek yangını dualarıma sığmıyor...
Ne kadar yağmura bıraksam içimi,
bir senin oturup baktığın yeşil deniz gibi dingin olmuyor...

Gitsem diyor insan bazen! İki direk bir çatı kondurup, ocakta kendi demlediği çaya talip olası geliyor. Ben de 'küçük dünyalıklara tebessüm mü etsem' diyesi geliyor.

Öyle demi kaçan çayda tat aramak değil derdim,
Demini bulana, taze kalana ram olmak,
Sığmıyor demliğime, demsiz bir ömür...

Ondan ki artık gitmekteyim.
Bakıp da gördüğüm olsa bu dünya, canım yanmaz da
Yüreğin gösterdiklerini idrak edince...

Dua diyorum, sabır diyorum, şükür diyorum...
Niyahate ermiyor sensizlik...
Ne gidiyor,
Ne geriliyor,
Duruyor kursakta,
Özlemlerim.
Yürekte düğümlerim.
Şiire sığmıyor.

Sükûtu hâl eylemekteyim.
Belki bu bahar,
Yüreğime de gelir,
Sen hâli, ben hâli...
Rabb'im bilir her hâli deyip, dua edip duruyorum...

Sığmıyor geceye karanlık, ne de bu kadar bekleyiş.
Bir inşirah...
Ah oluyor yürek,
Sığınıyorum yine tanıdık bir huzura,
Eğiliyorum alın izime...

Avuçlarım

Yağmur var İstanbul'da.
Bu soğuk akşamda,
ellerinden aldığım emanetleri,
avuçlarımı,
sensizliğime eşlik eden çay ile ısıtıyorum.

Ve gözlerin yağmurun habercisiydi bende,
dupduru bir su birikintisi.
Yüreğime damla damla yağan...
Öyle suskun, öyle kırılgan...

"O"

Birisi çıkar;

Yağmurla karışık dualarıma benzeyen,
sevda ile karışık çayımı demleyen...

O biri tevafuklar sonucu ömre yazılır,
sonra;
Toprak
Su
Hava olur ömrüne, olur da vazgeçemezsin,
geçmek de istemezsin...

Ve 'o' adında sevdanın meali saklı olan...

Şairin de dediği gibi: "Adında harflerin gülüştüğünü" gördüm.

Ve 'o' harfler yüreğimde saltanat kurar!
Fetih bu ya "Bismillah" demeden atılmaz hiçbir adım.
Dünyalık sevda değildir ki nasiplenilen,
ahirete biçilen dünyalık kumaştır,
her santimine sevda işlenen...

Kur'an'da Geçiyor İsmin

Alfabemin en güzel harfi. Hayır, dünya alfabelerinin en güzel harfi. Bir harfin, bir hecenin ötesinde sevdiğim. Dokunmak şart mı sana, sevmek için veyahut görmek?

Görmeden sevmelere en büyük ispatımız Hakk'a olan aşkımız.

Dudaklara ihtiyaç var mı sevmek için? Ya da bir bedene? Şu yağmur kokusuna şükrettiğimiz; dilsiz, kulaksız topraklar zikretmez mi Allah'ı? Seni sevmek için yağmuru sevmek yetmez mi?

Alfabenim en güzel harfi. Neyi sevdiysem sana benzemeye çalışıyor. Gözlerimden içeriye, gözlerinden başka bir şey girmiyor artık. Bir çöl mü gerek Kays gibi olmak için? Sensiz iken var mı farkı sanırsın İstanbul'un bir çölden? Can mı kaldı kelimelerimde susuzluktan? Güneş öyle yakın ki bir kum tanesi gibi çaresiz yanıyorum altında. Sensiz ise ne edeyim bir vahayı gerçek olsa bile.

Öyle güzel bir duruş Elif,
tüm ömürlere maksat edebileceğin bir mana.

Sevdiğini arıyor insanlar, ayrılıyorlar. Ölen ölene, küsen küsene. İhanetler, aldatmalar. Sen ise Kur'an'ı açtığım her yerdesin. En güzel harfisin bu dünyanın. Bir delikanlı maksadının ötesinde yolumsun Rabb'e yürüdüğüm.

Kur'an'da geçiyor ismin...
ve Allah'a gidiyor bu sevgin...
Önce Elif diyorum...
Sonra bir Lâ deyip susuyorum...
Sonra bir Lâ ile daha sabra boyanıyorum...
Sonra Ha harfiyle hepsi hayır diyorum...
Hepsi bir Allah diyorum...

Yağmurun Elif'i

Yağmur yağıyor,

Yağmurdan kaçıp, evlerine saklananlar yüzünden yağmurun bir gün yağmayı bırakacağından öyle korkuyorum ki. Sahi bu kadar kişi kaçarken kendinden neden yağar ki?

Sevmeyi bilen üç beş adamın hatırına yağıyor belki,
belki de bu sefer bize değildir yağışı, kendi sevdiğindendir...

Sahi yağmurun da bir Elif'i olamaz mı?

Eyvallah

Tüm bilinmezliklerde bilen bir Allah vardır.
Şimdi yüreğime sadece bunu öğretiyorum,
Allah var diyorum.

En çaresiz, en sensiz yanlarıma dua dua bu cümleyi sürüyorum.
Çünkü, içimizin içini de bilen 'O'.

Bir çocuk gibi siniyorum bazen bir köşeye,
Rabb'im hakkıyla seversem bizi bize bağışlar diyorum.

Bu yüzden gözlerim sadece bir sevdaya açık,
dünya âleme perde...
Gelsen de bir Hikmet desen,
gözlerime bakmasan da olur...

Rabb'im...
Acizliğim sadece senin katında.
Soluma da onu yazan sensin, uzağıma da.
Takdir senin.
Ben Aşk-ı Tevekkül eyledim,
Eyvallah deyip susuyorum...

Nasip

Söyle...
Hangi şiiri yazsam sana kavuşurum?
Vuslat şiirini yazsam,
içine bir yuva kurup,
tek bardak çay iki nefes yazsam...
Seccademizi ıslatsa şükür yağmurları gözümüzden,
sahi yazılır mısın iki cihan, tek benim helal cümleme?

'Eş' diye her hâlime...

Benim şiirlerim, duam biraz da...
Sevdam çokça...
Benlik kalmadı zaten.
Hayatıma alabildiğim tek şey, senin öğrettiğin Rabb'e olan
yol...

Söyle, şimdi yazsam Elif'i Hikmet'e,
nasibi olur musun yüreğimin?

Renk

Nasipli ihtimallerdir bekleyişlerimiz.

Olur ya gelir;
bir bahar havası gibi.
İçine çektikçe çekesin gelir,
ardından güneşli yağmurlar bırakır,
Her damlası gülüşünden renkler olan...

Sesini duysam; umut var, sabır var.
Yüzünü görsem; huzur var, şükür var.

Rızık

Ben bu kalbe seni rızk bildim...
Gönlümün rızkı...
Efendimiz'in (s.a.v.);
'Hz. Hatice benim gönlümün rızkı' dediği gibi...

Bismillah dedim öyle buyur ettim içeri.
Duasız, aminsiz büyütmedim içimde seni...
Sardım, sakladım...
Hep bir olmanın,
iki cihan yâr olmanın nasipli ihtimalerine sığındım.

Elif gibi Sevmek, dediler;
dimdik bir namaz edasıyla,
yolu Allah'a adanan aşk, dedim.

Ötesini de yalan bildim.
Ama Vav gibi de eğildim büküldüm...
Ben dünyaya Elif gibi gelmedim...
Vavdım, doğruldum...
Sevdim, yoğruldum...

Belki küçük bir çocuk ürkekliği ile yeri geldi bulutları misafir ettim gözüme.
Senli yağmurlar bıraktı,
Islandım.
Yandım...

Her canımın yanışında sabrı dilime ezber ettim.

Çünkü biliyordum sevdasına sadık olmayana,
bir ömür emanet edilmezdi.

Sadakatin tanımını kimseden öğrenmeden yüreğime işledim.

Zor gelince imtihan Allah deyip, susacaksın.

Rızık Allah'tandır!
Belki de her bela,
kulun kendini bir şey sanmasındandır...

Gamze

Okurken, seni bulduğum her satırda ortaya çıkıyor,
yüreğimdeki göçmen kuşlar.
Demini alan her kelime bir kuşun kanadında sana gidiyor...

Sen, benim düşüncelerimin gökyüzüsün!
Nefes aldığı, can bulduğu.
Bense beyaz bir suyun aktığı nehir kenarından bakarım sana,
sana baktıkça nehir berraklaşır,
bir gökyüzü çizerim avucuma,
belki bir gün gelir konarsın diye.

Ben seni çizerim avucumun içine,
kelebekler tebessümünü bekler,
gelir ve gamzelerinden su içerler...

Anlatamıyorum

İnsan bir şeylere sahip olmayı istiyor, bize böyle öğretti annemiz. Mesela o kumandalı kırmızı araba, mutluluk onu eline alıp oynamaktı.

Aşk akıl işi değil derlerdi, sözlüğe bakardım anlamak için.
Seninle, yani hafizemle, Elif'imle hâlime bakıyorum.
Bir şeyin yokluğu bile şükrettirir mi insanı?
Elif'im, bana manayı öğrettin yokluğunla.
Tam 10 şehir uzaktan sana yazıldı bu satırlar.

O gözleri düşünüyorum, nasıl sevdirirdi bana yağmurları.
O yokluğunu düşünüyorum, nasıl getirirdi geceleri.

Biraz hızlanır adımlarım sen aklıma gelince,
nasılsa arkamdadır orada yürüyordur Elif'im demek...

Böyle bir hayat yaşıyorum işte.
Bilinç altıma yanımda olmadığını anlatamıyorum.

Hikmetine Haram Olur

Bir teravih namazı sonrası,
Sultanahmet Camii önü...

Işıklı kalabalık arasında öylece bir köşeye çekilip, gözlerimi kapatıp, duaları sıralıyorum...
Koca kalabalığın içinde mevsimini terk etmiş bir kar yağıyor yüreğime,
donuyorum.
Öyle bir sen kesildim ki
yüreğimde yüreğime bile yer bulamıyorum...
Hepsi bir adım daha sana yaklaşmak için,
ben yeminimi doğduğum bu topraklara ettim.

Ve içimden sana kavuşma hayalini geçiriyorum.
Kavuşmak dedimse bu dünya için değil,
ahirete be sevdiğim...
Bu dünya bizim için değil.
Yüreğe her gün öğretiyorum.

Sonra...
Birkaç damla...

Her gün biraz daha çocuk,
biraz daha naif, sevimli,
biraz daha sana,
yoluma benziyorum,
öyle bir yol,
biraz daha Allah'ın istediği gibi,
Elif gibi.
Duası dünyaya değil, ahirete ışık olan yâr...

Hayalime, duama karışan başkasını tahayyül edemiyorum...
Edemem de...
Yüreğe ağır gelir,
Nefes durur.

Bu sözler ve şiirler,
Hikmetine,
haram olur.

Sabret, helalini bekle,
kimse işlemediği bir günah için
pişman olmamıştır.

Kimsenin mükâfatı da
hayallerinden aşağı olmamıştır...

Şehirli Çocuğun Özlemi

Ben unuturdum unutmasına da,
kuzinenin üzerinde unuttuğum ekmeklerin kıtırlığı,
tahtaların gıcırtısı,
yer sofraları,
tereyağı üzerine balla yüreğimin tutması,
işte şükür, hamd, sıradanlık,
hepsi sen...
Yaşamayı sevdikçe sen,
Allah'a şükrüm de sen, duam da,
dua ile şükür,
hem var hem yoksun.
O gülümsemene o kadar aç ki gözlerim, duasın.

Tek duamsın.
Kabul oluver,
karşıma alayım seni,
şehirli bir çocuğun köy sofrasına özlemi gibi seveyim.
Ekmeği banar gibi ayran kesmesine,
öpeyim ellerinden...
Evimde yürü,
her yer cennet koksun yağmura hasret kalmayayım...
Gelsen,
gözlerimdeki buğuyu evimizin penceresine koysak,
kimsenin olmadığı kendi şehrimizi çizsek.
Çayı, yağmuru ve şiiri seven insanlardan kurulu o muazzam
ülkenin, başkenti bizim şehrimiz olsa.

Varışa Yakın Bir Yanış

Allah için sevdiğim...

Sana söylemek istediğim her sözü yazıyorum şimdi...
Sabrın kaç merhalesi varsa geçtim.
Yandım, söndüm,
yeniden yandım...

Silindi mi peki her şey?
Hayır, aksine sevda kazındı daha da içime.
Yanışım senden geçti...
Yanışım, yanışını buldu.
Bu dünyada sevda ateşini yüreğinde yakmak
Allah'ı bulmakmış...
Yanmak, Allah için olunca acısı şekerli gül suyu şerbetiymiş...

Gözlerim hüzün penceresi şimdi...
Sürekli camına yağmur vuran.
İçimse bir uzun yol...
Adım adım yürümekten geçip koştuğum,
nefessiz kalana kadar.
Nefesim şükrüne varana kadar.
Sonrası son varış.
Varışa yakın bir yanış...
Çünkü ne kadar yaklaşırsan ışığa, o kadar yanmak gerek...

Yanıştan sonra bir huzur, ılık bir serinlik...
Gözlerim artık seni görüyor...
Sendeki asıl sireti...
Suret değildir zaten yakan, sirettir varlığını değerli kılan.
Görüyorum artık...
Hiçbir şey görmeyip, sadece duyup okuyan bir adamın ilk defa görmesi gibi.
Gözlerim artık sadece bakmak için değil, görmek içindi.
Gönülden...
Nakıştan öte nakkaşı...
Boyadan öte boyacıyı...
Benden öte Yaradan'ı...
Yaradan'dan ötürü yaramı...

Yazıyorum yine...
Bir yanık kokusu burnumda...
Kâğıt yanıyor içimde...
Harfler tutuşuyor...
Sevdam kor...
Sevdam nar...
Sonra tüm yanışlarım bir serinlik...
Serinliğin ötesi huzuru bulmak.
O'na (Allah c.c.) varmak...

Allah'ı bulan kalp, tüm acıları kaplar.
Elif,
artık acın şükre dönüşür...

İki Nokta

Yüzünde dinlendiğim kadın,
bir yağmur gülümsemesi,
belki de yağma sebebisin yağmurların,
yüzünü görünce bulutlar,
iniyor, gamzelerine dokunuyor.

Adının geçtiği cümlelere nokta koyamıyorum
uzadıkça uzuyor,
Ancak iki nokta, biri sen biri ben...

Özlemek

Sevdiğinden yeteri kadar uzaktaysan gerçek hayat ile hayallerini ayırt edememeye başlıyorsun. Geleceği özlüyorsun mesela. Her hayalinde bugün yanında olmayan 'o' var. Nasıl da özlenesi bir gelecek yaratıyorsun başının içinde.

Özlemek bulaşıcıdır, farkı istemektir. Sen özlersin, istersin, gelsin dersin. O da özler ama istemez ve gelmez. Belki de önemli olan şey özlemek sorusuna verdiğimiz cevaptadır. Kimi özler kafayı çeker, kimi özler şükür çeker. Özlemek mecburi bir acı. Hayallerinin altına tek başına imzanı atarsın. Gündüzleri bile kimse anlamaz seni, geceleri beklemeye başlarsın. Mecalin kalmayana kadar korkarsın gündüzlerden. Öyle ya nereye baksan bir hatıra ihtimali.

Bırak yaş süzülsün yanaklarından, ne kadar sevdiğinin izidir onlar. Sessiz feryatlarının izidir.

Özlemek geldiğinde sana, yüzünden okunacak sevdiğin. Yine onu özlüyor diyecek sana bakan. Aslında özlemekten geçme hâli bu. Kendinden vazgeçip yavaş yavaş 'o' olacaksın. Ona benzeyeceksin. Onun hâline bürüneceksin.

Ve bazen helalin olamayacağı,
elinden tutamayacağın ihtimali gelir aklına,
işte o zaman,
ölümü bile özler insan.

Bana Bak Köylü Kızı

Elif,
bir tanımları işgal etme durumu,
annemden ilk sütü içişim,
bir saflık simgesi,
öyle güzel olması bir çiçeğin,
seni düşünürken
renklerin yakışamaması güllere...

Cennetimi esirgeme, bana bak köylü kızı,
aç o cennete benzettiğim gözlerini,
bir bulut aralığından güneşin sızması,
doğanın ihtiyacı gibi şemse.
Sanki,
sanki baksan büyüyeceğim,
pamuk ellerle bir çocuğun musluk kenarına erik ekmesi,
belki bir gün ellerine değecek kadar...

Cennetimi esirgeme, bana bak köylü kızı,
elbette çakalların maksadıdır karanlık,
her daim ayakta bir çınar ormanının hatrına bak bana,
bak ki ellerim değsin toprağa
şükür ekeyim kapıların önüne.
Öyle bir inanç açsın gözlerinin değdiği topraklarda,
adımız geçsin köyündeki teyzelerin dualarında...

Cennetimi esirgeme, bana bak köylü kızı.
Adın;
küçük bir çocuğun duası gibi dilimde,
öyle masum ki
savaşlar durdurur.

Cennetimi esirgeme, bana bak köylü kızı,
bir çemberin içinden göster bana cenneti,
öyle bir bak ki köylü kızı,
vuslata yorarım gözlerini...

Yanışım

İnsanın içinin de içi yanar bazen. O kadar yanar. Söylesen anlamazlar, duvardan döner insanın sevgi tarifi. Sustuğun da biraz daha atar seni yalnızlığa ve her gün biraz daha tükenirsin. Gerçekten seviyorsa bir insan, o biraz daha iyi olsun diye kendinden geçmeyi kabul edersin.

Bilir miydim ki bu sevda, böyle imtihan olacak, yine de yanardım.
Cahilim belki...
Duasını nasıl edeceğini bilmeyen...
Ama dilimden hayırlısından ötesi geçmesin.
Hayırlısı ise gönlüme yine de yanmayı nasip etsin; nefesimi,
bu canımı Yaradan... Her şeyden münezzeh olan.

Bazen bilmiyorum solumla ne yapacağımı,
hangi sözde hangi tavırda duracağımı...
Yakıyor işte...
Ruhumu sarıyor bu sevda,
gidişimi öteliyorum,
istemesem de.
Yanışım var,
sönüşüm olmayacak, bile bile yanıyorum...

Uzaktan Sevmek

Uzaktan sevmek mi olmazmış diyorlar sana.
Boş ver onları çocuk.

Islanmamış adamlardan yağmuru dinlemeyi bırak.
Bir sevda anlatayım sana,
öyle bir sevda ki
diğerlerini toplasan bakmaya hükmü yetmez.

Uzak nedir çocuk?
Göremiyorum, dokunamıyorum ne demek?
Bir çift göz düşün;
gökyüzüne baksam binlercesi.
Bir nefes düşün, almadığını bilsen tükeneceğin.
Bir saç teli düşün çocuk,
hiç görmediğin.
Dokunacağını düşünsen,
uçurumdan düşeceğin.

Bir kalp düşün çocuk,
başkasına attığını bilsem
sözsüz bir dua ederim,
kaparım gözlerimi,
duam açılmaması olur...

Umut mu boş versene,
kanı çekilir kalbimin,
artık atmasa da olur...

Pıhtı

Pıhtılaşmış adın damarlarımda.
Elif Elif diye atan bir kalp taşıyorum göğsümde.

Yani kalbimdesin derken sana,
kalbimde kanıyla etiyle canıyla tam içindesin diyorum.

Gitsen biterim,
hafizem, gitsen biterim diyorum,
canım gider diyorum,
kanım donar,
canımsın diyorum Elif'im,
damarlarımda can diye dolaşan kanımsın.

Gönül Dergâhımda

Sevdiğin yoksa yanında, bir boşlukta hissedersin kendini. Sessizliği yeterince dinlersen, solundan cümlelerin sızdığını hissedeceksin. Al eline kâğıt kalem korkma. Kapat gözlerini insanlara ve yüreğinde duyduklarını yaz. Nasıl bir duadır bilir misin yazmak? Gönülden geçenlerin mührüdür yazılanlar. Önce seversin sonra kâğıtlara sırlarsın duygularını yazarsın ve daha çok sevmeye başlarsın.

Anladım ki fıtratımda var Elif. Gözlerin gözlerimin yuvası gibi sislerin ardından buğulu görüyorum nehirleri. Mükemmel bir korku ile yaşıyorum senden uzaklarda. Ya yine seni anlatan bir şarkı çalarsa bir yerlerde? Sen yokken yağmur bile huzursuz, biraz eksik kokuyor. Pembe bir manolya eskisi gibi yakışmıyor gamzelerine. Çiçeklerin bile rengi kaçmışken bu çocuk ne etsin sensiz? Yalnızlığın rengini söylesem insanlar korkacak. Bazen de anlaşılmak istemiyor insan. Sen yokken anlaşılmanın bile bir hükmü yok gönül dergâhımda.

İsimlerin En Güzeli

Asık yüzlü insanların dolaştığı bir şehirde sevmek zor iş. Neyse ki sevmeye doğduğum şehirde başlamıştım; içine çektiğin havanın yarısı ormandan, yarısı denizden. Gelecekte birçok kez aynı gökyüzüne aynı anda bakıp, aynı duayı edeceğimizden olacak ki Rabb'im 'o'nun şehrinde dünyaya gelmemi nasip etmiş.

Ben kış mevsiminde doğmuşum. O mu? Ne münasebet, tabii ki baharda. Baharın en güzel gününde değil, o, o gün doğdu diye o gün baharın en güzel günü olmaya başlamış. Bildiğimiz her şey deniz kokan şehrin güzeline binaen sıralanmış.

Çok içten dua ettim bir gecenin ertesine, onunla karşılaşmamı tesadüf olarak nitelendirmiyorum. Aşk bir yürekten bir yüreğe tevafuk ile akar.

Tamam gözlerini göremesem de olduğu kadar kelimelerim var, seni yazamıyorum ama senden yazabiliyorum bir parça avuntumuza sarılıp uyuyoruz işte sabah erkenden.

10 senedir görmüyorum onu, yazıyla tam on senedir ayrıyız.

Sesine dokunamadığım derken bir teşbih yok burada, bir birlikteyken seslerimize dokunur, ellerimizi okur, yüzlerimize bakar dalardık. Esasında biz birlikteyken baştan aşağı şiir kokardık.

Tek bir şey,

İsmi,

Elif,

Ben sevdikten sonra en güzeli olmuş isimlerin.

Öyle güzel sevmişim.

İsimlerin en güzelini şiire benzetmişim.

Dinle

Bazen öyle daralıyor ki insan,
içi öyle bir kanıyor ki
hatta içinin de içi kanıyor ya bazen.
Sonra sızı oluyor, sızın oluyor.
Gözünde yaşın oluyor.
Boğazında düğüm, avucundaki ter...

Adına her ne diyorlarsa sevmenin öyle çok yakıyor ki.

Yokluk hâl oldu bende...

Yokluğunda nefesim tükeniyor...
Sana susuyorum, dinle...
Bir güzel, bir canı ne kadar yakabilir ki?

Bilesin ki sevgili,
içimde biriktirdiğim şiirlerle,
beklerim geceleri,
dualarıma sarılıp yatarım...
Derdim mi?
Beni biliyorsun, hep içime atarım...

Bir insanı sevmediğinizi
onu dualarınızda unuttuğunuz zaman
anlarsınız.

Beyaz Gül

O kadar yağmura benzersen
ki ben;
yüreğimdeki ıslaklığı geçiremem, gözlerimdeki kadar...
Bu adama sen yağarsan her gece,
ve yağmurun bir adı da senken,
ıslanmadan nasıl geçeyim bu hâl içinden,
nasıl sevmeyeyim yağmuru bu kadar sana benzerken.
Sevdadan sırılsıklam olmayınca,
Kuru bir yürek hangi baharı müjdeleyebilir ki?

O kadar yağmura benzersen,
yalnız bir kartal gibi cesur olurum,
varsın bir kanadını kırsın bu 10 yıllık hasret...
Ben,
sen yağmurlarında ıslanırım,
ne yüreğimdeki ıslaklıktan geçerim,
ne de gözümün yaşından çekinirim.

Asıl yüreğim kurursa bir gün sevdiğim,
ben yaşayan bir cesedim,
ismimi gözleri yeşil bir yetim koysun...

Şimdi yağmurum sen, ıslanışım sen.
Özlesem sen, ağlasam sen.
İşte şimdi tam burada gözümdeki yaş düşecek sol yanıma,
Gelsen de yağmurlar bize bakıp yağsa,
bir annenin bebeğini emzirmesi gibi yağsa,
beyaz bir gül açsa, elini tuttuğum yerde...

Yayla Çorbası

Yalnızlığa bitişik yaşamak yerine, bitişik olabilirdik bir yayla çorbasını karıştırırken. Biliyorum hayat adil değil. İsminin harflerinden seni tanımayanları ağlatacak şiirler yazabilsem de sabah erkenden kalkıp, sevmeye devam ettiğim kadın ile bir yayla çorbası karıştıramıyorum.

Kahvaltıda aynı zeytin tabağından zeytin yemek diye hayal kurar mı bir insan? Ben şarkı dinlerken bile acaba o da dinliyor mudur diye düşünüyorum. Böyle ihtimallerin umudu azalacak gibi olduğunda yağmur yağıyor ve evet, aynı yağmurun altında ıslanıyoruz. Yağmur yağdığında sesini dinliyorum ve senin de aynı anda dinlediğini düşünüyorum. Çünkü yapacak daha mühim bir işin yoktur, olmamalıdır. Bizim yoktu. Yağmur yağardı. Islanamasak da dinlerdik. Tek işimiz bizdik. Yağmur yağardı, biz olurduk...

İnşallah bir gün nasip olur, dibi tutmasın diye birlikte bitişik şekilde bir yayla çorbası karıştırmak. Hatta belki yağmuru da görebileceğimiz bir odada.

Payıma Ne Düştü

Onca seneden,
tam on seneden sonra sevdamın şehrinden payıma ne düşmüş,
anlamadım.
Dalgaların sesine kitap yaprakları karışmış, okudukça gözleri
yaşarıyor insanın.
Gözlerin yaşardıkça bir sulu boya adiliğine dönüyor hayat.
Renklerden vazgeçmiş insanoğlu,
gözlerine zincirli anılarım tek kelimene talibim.
Sensiz yaşamanın suçluluğunu taşıyorum üzerimde.

Tam on seneden sonra sevdamın şehrinden payıma ne
düşmüştü bilmiyorum ama
sevdamın şehrinin payına,
hüznü saçlarının beyazına,
derdi sırtına iz yapmış tebessümü yüreğinde saklı bir adam
düştü...

Payım şehrin,
sen benim,
çayım demli olsa...

Sevmek Öyle Yakışıyor ki Bana

Hatıralar kalsın,
yüzünde tebessüm,
ben giderim karanlık vakitlere,
gözlerinin yeşilinden daha ağır gelse de...

Bir çocuktum o zamanlar ama benim isteyişim bir çocuğun hevesi olarak adlandırılmamalıydı. Yaşımı, Türkçe derslerinde ilk kez öğrendiğim kelimeleri avucuma yazıp, eve geldiğimde isminin yanına yakıştırmalarımdan çıkarabilirsiniz. Koca bir adam gibi seviyordum küçücük bir bedenin içinde. Koca bir adam oldum, her geçen gün çocuklaşıyor sevgim. Küçülüyor demiyorum; çocuklaşıyor, gözyaşlarımı büyütüyor, birlikte bastığımız kaldırım taşlarına benzeyen her bir taş.

Dermanımı arıyorum dokunmaktan öte,
alnımda bir iz sahibini arıyorum,
aradığım kokuyu secdelerde buluyorum,
tüm sevmeleri sana sanıyorum,
kana kana su içen adamları kıskanıyorum,
varım yoğum sana doymak istiyorum,
bir şeylere doyan her şeye öyle dua ile bakıyorum.
Yüzüm güzelleşiyor seni sevdikçe,
her şeyi sensiz yaşamak zorunda kalıyorum,
en kötüsü kendim.

Bir kere olsun gel bak,
sonra gidersin,
seni sevmek öyle yakışıyor ki bana...

10 Sene Geçti

Şu telefon sesleri;

10 sene geçti.
Sanki her çağrı senden bir haber getirecek gibi bir umut barındırıyor içinde. Ya da ben sanki senden gibi dinliyorum sesleri.

Sanki her tohum ben açacaksın. Zaten her tohum Elif gibi dimdik yükselmez mi dünyada? Her bebek boyluca büyümez mi? Yani anlayacağın arada nefes alıyorum, nefes almamı bile sana yoruyorum. Herhalde şehrime geldi diyorum. Sevdiğim kadın şehrime geldi ki ben nefes alabiliyorum.

Şu kapı sesleri;

10 sene geçti.
Sanki her tıktan sonra sen girecekmişsin gibi içeri. Ya da ben her gelmeleri sana benzetiyorum. Neredeyse anamın babamın gelmelerini bile sana yoruyorum. Elif'im, yârim mi geldi diyorum.

Sen bir kere gittin ya nasıl seveyim gitmeleri? Ne kadar vakite ihtiyacım var gitmeni kaldırabilmek için bilmiyorum ama ben her kapı açılışını sana benzetiyorum. Geldi mi diyorum derin bir nefes alıyorum.

Gelme ihtimalin bile öyle bir umut işte bu garibe.

Ya o yağmurlar;

10 sene geçti.
Sanki yanımdaymışsın gibi yağmaya devam ediyor. Tek farkı daha fazla.

Sen gittiğinden beri sevmeyi bilen adamların sayısı arttı. Seni saklıyorum yüreğimde, sevdamı anlatıyorum sevilmeyi hak eden başka Elifler de belki vardır diye.

Yağmur yetişmeye çalışıyor bana ağlamakta. Sen gittiğinden beri daha çok yağmur yağıyor İstanbul'a. Sebebi ne buzullar ne kutuplar; gözlerime yetişmek için durmadan ağlıyor.

Yağmurla karışık aşk, Aşkla karışık yağmur...

Ben mi Unuttum Seni?

Gözlerim kurusun,
ben mi unutacağım seni?

Sor onlara çiçeğim,
avuçlarına kadar seni çizen adam mı unuttu seni?
Gözleri, baharda açan mor menekşeleri bile göremeyen
insanlar mı diyor bunu?
Bizim sevdamız kendine başka bir dil seçti,
ince parmaklı sevdiğim,
sakalları sen kokan adam mı unutmuş seni?
Her sabah pencerenin önündeki çiçeğe uzanır elim,
yüzüne tebessüm eden güneş öper alnından her sabah,
senden uzak yerlere seni tarif ediyorum,
güzelleşiyorlar.

Çiçekleri kıskandıran yârim,
ömürlerinde bir kafiyeye sebep olamamış,
yağmurun koktuğundan bile haberi olmayan insan mı diyor
bunu?
Seni unutmuşum, öyle mi?
Yüreğin ferah olsun,
yazdığım kitaplar ne kadar buruşsa da gözyaşımdan
bekleyeceğim seni.
Yürüdüğümüz sokakları hatırlıyor musun bilmem,
daha fazla açası geliyor çiçeklerin,
hüznün hatıralarımıza ihtiyacı var sanki,
hüznün yüzüm kadar yakıştığı bir yer yok sanki.
Şiirlere benzeyen yerlerde beni bulacaksın.

Sen Yerinden

Yüreğimi demirden kaplarsam;
Artık işlemez sandım bir bakışın, bir sözün,
içime içime,
bir ömür!

Yine yüreğime değdi,
yine deldi geçti,
hep sen yerinden eğildi demirler.
Eğildi, yandı
artık bu yürek dediğim şey manaya büründü.

3 Kelebek Hikâyesi

Bir zaman üç kelebek birlikte gezerlerken ateşi görürler. Merak ederler nedir ateş? Ve sonunda öğrenmeye karar verirler. Birinci kelebek biraz yaklaşır, geri döndüğünde şöyle der:

- Ateş, etrafına ışık veren bir şeydir.

Bu tarifi yeterli bulmayan ikinci kelebek de gider ateşin yanına birinci kelebekten daha fazla yaklaşır ateşe, geri döndüğünde şöyle der:

- Ateş, etrafına ışık ve ısı veren bir şeydir.

Ancak kafalarında hâlâ soru işaretleri vardır ve tam olarak öğrenmek isterler ateşin ne olduğunu. Bu sefer üçüncü kelebek gider ateşin ne olduğunu öğrenmeye. Ateşe doğru yaklaştıkça ışık verdiğini anlar, biraz daha yaklaşır ve ısı verdiğini de anlar tekrardan ama bunlar yeterli değildir, biraz daha yaklaşır ateşe derken ateşe kapılır ve yanar.

Üçüncü kelebek anlamıştır ateşin yakıcı bir şey olduğunu ancak bunu dönüp arkadaşlarına söyleyemez. Sevgi ve bağlılık da ateşe benzer. Yakıcıdır, kavurur içine düşeni. Gerçek sevgiyi yakalayabilenin içinde bir kor yanar durur. Ancak bunu kendinden başka kimse bilmez... Anlamak için ne bakmak ne de yakınlaşmak yeterli değildir. YANMAK GEREKİR...

Kelebek hikâyesindeki gibi gidip gelmeyen kelebeği seçtim ben. Aşk yükü ağır gelip kaldıramayanlar, sevdiğini unutanlar o yolun bir lokmasına doyup geri dönenlerdi. Sevdim diye anlatsalar nefesleri boşa giderdi. Onlar uzaklaşıyor ben yaklaşıyorum.

Arkama aldım dünyayı her geçen gün biraz küçülüyor dünya, her geçen gün biraz daha büyüyor sevdam.

Her geçen gün sırtladığım derdimin izleri demleniyor yüreğimde. Bir Elif miktarınca dem lazım diyorum elinden buharı üzerinde harmanlı çayını özlüyorum.

Yaklaştıkça yanıyor nefsimin gözleri bakamıyorum kimseye, sana yeminli gibiyim. Yaklaşıyorum sana her yelkovan turunda. Beşeri kalıntılarım azalıyor, her secdede gözlerimi büyülüyor, aydınlık hakikate gidiyorum. Yemin ettim yanana kadar devam edeceğim, dönmek nedir? Artık bilmiyorum!

Yüreğimin ağrımasından biliyorum,
yâre hasret vakti geldiğini.
Yürek ağrır mı, hem de kırılarak
boğazına takılır parçaları,
yutkunamazsınız.

Bir Bakış

Bazen bir bakış eksik kaldığını hissedersin, bazen de bir sarılış.
Bazen bir sevmek eksik kalırsın, sanki kalbin yokmuş ve
yaşamak zorundaymışçasına.

Bazen kafiye aramazsın adımlarında,
öyle bir bakarsın ki her bakışına şiir yazılır bazen.

Bazen öyle şiir bakarsın ki hayata, sebepsiz bir hüzün lütfedilir
sana.

Eğer adı Elif olan her şeyi ona benzetmeye başladıysan,
ne yazılacak şiir kalmıştır artık, ne okunacak kelam.
Belki, yağmurlu gecelerdeki bir duan.

Soluk gözler karamsarlığı değil, sınavı bitirip herkesi dışarıdan
izlemeyi anlatır bazen.
Bazen anlarsın ki anlatılmak istenen şeyin anlamaktan öte
olduğunu.
Bir ağaca sarılmak gibi mesela.

Kopardığın ısırgan otu dalıyla bir karınca yuvasını eşelemek,
meraktan öte bu,
sevdiğine sarılır gibi,
beni anlamanı beklemiyorum, istediğim tek şey ışıkların
açılmaması...
Böyle iyi,
sevdiğin yanındaymış gibi sanki...

Kalem Seni Bana Yazıyor

Ne kadar zor yaşamak?
Öylesine kolay mı?
Ölesiye zor mu?

En fazlası 70 yıl süren bu yolculukta ne tarafa bakmak lazım? Dışarıda mı olmalı gözümüz; yollarda, kırlarda çok anlayamadığımız manzarada mı? Yoksa gözlerimizi kapatıp içimize mi bakmalıyız? Sevda dediğimiz şey, dışarıda hızlıca yanımızdan geçen şeyler midir? Onlara geçici hayranlığımız mı? Yoksa içimizde daim olan mı?

Eğer yolumuzu Hakk'a olandan seçtiysek, bakacağımız yer bellidir. Birlikte Hakk yolunda yürüyemeyeceğin şeyin adı sevda olmaz, gaflet olur. Bir bütündür sevda. Öyle bir bütündür ki; gözün dünyaya bakarken, kalbin tek bir sevdaya bakar aslında. Şükür edersin sahip olduğun sevgilere anne sevgisi, baba sevgisi, kardeş sevgisi, yâr sevgisi ve Peygamber sevgisi. Onun da üstü, üstün de üstü Allah aşkıdır.

Sevgi bütündür. Sevmeyi vereni seviyorsan, verdiğini de seveceksin. Hepsi, her detay gönül gözüyle bakınca Allah aşkının bir kanıtıdır. Geçiyor ömür gündüzlerden, gecelerden... Bir bakışı nakış gibi yüreğe işleyen bir sevdayi hâlden...

Canlanıyor yüzün gözümde,
gözlerimi kapayıp ellerimi semaya kaldırıyorum,
Elif diyorum...
Kalem seni bana yazıyor...

Emanetim

Solun soluma emanetti...
Bundandır Efendimiz (s.a.v.)'in veda hutbesindeki bu hadisini sen bilmem;

"Kadınlar sizin emanetinizdir..."

Ey emanet bildiğim,
dualarıma sarıp kolladığım yârim,
yanımda olmasan bile,
dualarıma emanetsin,
bilesin istedim...

Hüzne Alışık Geceler

"Bir bilinmezliğin hüznü var yüreğimde..."

Ve yaşamak hakkıyla,
Hep dem tutar,
Hüzne karışmış/alışmış gecelerde...

Ve gecelerin hakkını vermek,
sırtlamak bir sevda yükünü,
paylaşmak dervişlerin gecelerdeki yükünü
geceler ki sevdiği/evi dertlilerin...

Seni Unutmanın Süresi

Ancak bir martının kanat çırpması kadar uzun sürüyor seni
unutmak.
Böyle güneşin kırmızı boyası dökülmüşken havaya,
deniz de nasibini almışken bu renkten,
bir martı geçiyor bazen,
benim yanımdayken sana benziyor martılar,
öyle özgür, öyle avare, öyle bir tezahürü güzelliğin...

Bir kanat çırpıyor martı tam önümden geçerken,
öyle yapmak istediklerim gibi kıpır kıpır,
sevdiğinin eteğinden tutunmuş hayaller gibi.
Bir huzur taşıyor sırtında, baktıkça manaya kavuşuyor insan
ve ancak bir martının kanat çırpması kadar uzun sürüyor seni
unutmak.

İçimize Atıyoruz

Koca şehirlerin arasındaki mesafeler de sevdaya dâhil miydi?
Ya o koca yılların arasında sıkışmış,
geçmeyen zehir zıkkım dakikalar?
O en fena şarkıların dinlendiği geceler?

Neyse...
İçine atmak daha çok yakışıyor âşığa...

Yol

Böyle büyük bir kusursuzluk ve aşk ile yaratılmış bir dünyada üzerine şiir yazılmamış bir sevda ne kadar samimi olabilir ki? Gelmeyeceğini bile bile yıllarca biriktirdiğim dakikalarla ne yapacağımı sandın? Bizi ayıranlardan nefret mi edeyim? Yanık izleri ile yaşamak kolay mı sanıyorsun?

Bu ateşten şerbet bana çok şey öğretti. Senden uzakta, insanların gözünün önünde yandım durdum. Bırak ateşimi söndürebilmeyi, kimse derdimi dinleyemedi bile. Bu şehirde insanlar sadece çalışıyorlar. Sorsan güneşi haberleri yok, sorsan bahçesindeki çiçeklerden haberi yok. Makam müptelası insanların arasında şiire sevdalı bir adam olarak kalmanın imkânsızlığını tahmin edebiliyor musun? İnsanların sevmeye vakitleri yok. Rabb'e para ile mi gidileceğini sanıyorlar? Sahip oldukları dizi kültürüyle mi? Yoksa bir köylü kızının gözlerinden mi?

Bir kez bakabilseydik birbirimize, şehirler birleşirdi. Hem Trabzon'la İstanbul arasında ne kadar mesafe var ki? İnsanlara kalsa bir dünya yolu, bana kalsa bir gece vakti içinde gözlerinin geçtiği bir şiir miktarı.

Bir Elif miktarı...

Seni Yazsam

Seni yazıyorum sanıyorlar.
Seni yazsam,
başka kalemler kâğıda küser,
kâğıtları üzmekten korkarım.

O bilinmeyen saklı bir Balat hatırası surların arkasından
çiçekler açar,
okuması olsa yağmur bir tek benim üzerime yağar,
kâğıtta yanan bu ateş, bütün yağmurlar üzerine yağsa
sönmez...

Saçlarının teli,
O hiç görmediğim saçının telini yazsam,
o kelimeler kaç insan nefesi keser,
kaç kelebeğin ömrünü uzatır.
Hafizemi
saklımı,
kaderimi yazsam,
kaç insan var bu derdi kaldırır,
cana kıymaktan korkarım...

Eylül Hâli

Bir yanım hep eylül yanığı cümleler!
Sararmış,
hazan vurmuş,
yağmur yemiş,
yağmurun altında cayır cayır yakmış yürekleri...

Bir de hep senli solumun seni çağıran cümlelerine karışmış,
harflerin yüreğimdeki geçit töreni...
Dünyanın en özel kadını için kurulmuş cümleler,
bıraksam onlar sevecek seni.

Hikmet ölünce,
yazdığı şiirler devam edecek sevmeye Elif'i,
işte, yüreğim böyle bir eylül hâli...

Hikmet

Yüreğim ağır gelmeye başlıyor bazen,
tam o sırada yine bir ezan sesi yükseliyor semaya;

"İmtihan eden Rabbine şükrünü sık tut ki, imtihanın huzurun olsun..." diye fısıldıyor soluma...

Sonra yağmurun geleceğini biliyorum,
(Rahman ve Rahim olanın adıyla)
İçimin yangınları serinliğine secde secde koşuyor sanki...

Gök gürlemeye başladı bile. Yazın yağan yağmurlardaki hüzün, gözlerim şöyle dursun, içimi bile ıslatıyor...

Islanan sevdam, sevdam uzaklarda. Ellerim semada. Avuçlarımda damla damla bereket. Ne söylesem eksik kalır, pencerene bak, yağmur damlalarına, elini uzat;
Rahmet var...
Aşk var...
Özlem var...
Hüzün var...
Huzur var...

Tabii ki şükrü eksik olmayan!
Islanmış tenden öte yürek.

Avucumun içinde aslında her şey, iste diyor Allah,
iste ki vereyim; Sev diyor, hakkıyla sev ki sevdireyim...

İstanbul Yağar

Başımı yastığa koyar koymaz uyumalarımı da yanına alıp giden kadın.

Elif.

İstanbul'a yağmur yağıyor.
Ya durmazsa bu sefer?
Ya hiç bitmezse İstanbul'un seni hatırlatmaları bana?

Kaç yağmur daha gerekiyor duaların kabulüne?
O kadar ki bu özlem artık,
kâğıtlara değil, İstanbul'a yazsam derdimi,
bu sevdaların şehri,
bu koca şehir,
vuslat olur yağar gökten...

Uçurum

Boğazımın ardında biriktirdiğim derdi yazsam,
yanağımdan süzülen denizi salsam İstanbul'a,
kimin derdi boğulmaz ki...

Ve sevdiğini öyle özlersin,
ölüm sana gözü yaşlı bir ihtiyar gibi...

Bir uçurumun kenarında olsan
yukarı yükselir kâğıda dökemediklerin
dökülür bedenin aşağıya Elif'e en uzak noktandan başlayarak,
mutlu dakikalar başlar
içindeki o boşluk
dışarı çıkar,
ve sakallarını tarayan o serinlik
yüzünü temizler ıhlamur ağaçlarının nefesi,
o boşlukta Elif gelir gözünün önüne,
sanarsın ki dağlar size bakıyor,
sanarsın ki dağlar gibi gökyüzü de
Elif'in gözlerine benzemeye çalışıyor.

O koca dağların arasından,
ilk kar tanesi bu dertli adamın saçına konar,
sonra bir daha ve bir daha
ve derdin alır bembeyaz adamı
son dakikasına götürür ömrünün...

Son dakikam da olsa,
bakasım gelir yüzüne,
bir kök salsam zamana, neyse bedeli dursa.

Yüzüne baksam
sımsıcak,
nasıl güzel bir müzik o
sıcak bir deniz,
bembeyaz bir kum,
gözleri görmeyen bir çocuğun hayal etmesi denizin içindeki
bir inciyi...

Bir kez ismini söylese,
bir martı gelir,
elini elimin üstüne koyar,
bir kanadında Elif,
bir kanadında Hikmet,
hürriyet, özgürlük
cennet nereyse, oraya doğru kanat çırpar...

Aç Ellerini

Bunun adı vallahi sevda,
aç ellerini köylü güzelim,
bir şehir mesafeden tutarım...
Aç ellerini umudumun anası,
huzur ateşim, dinginliğim,
kıyını görsem durulur yüreğim...
Aç ellerini çocukluğumun sesi,
o günahsız zaman sızsın ellerinden,
sür yüzüme, Rabb'e gideyim.
Aç ellerini sesim, tonum, şarkım,
'Hikmet' de bir kere,
sesin heceme değsin bir kere...

Yağmur

Yağmur.
Pencere arkasından cama vuruyor,
Sevdaya davet...

İşte bu yüzden,
Yağınca sevesim geliyor,
Sevince sırılsıklam olasım...

Hadi çık gel, tebessüme dönüştürelim hüzünlerimizi.
Bu sefer yağmur değil,
ellerinden demli bir çay buğulasın penceremi...

Kabulümdün

Şahidim,
yanımdayken hatta yakınımdayken sen,
yağmur beşeriyetten ayrı yağardı.
Bakışların varsa gecem olmazdı...
Bizim ıhlamurun altında otururdu gözlerin,
gözlerin ki şifam,
gözlerin ki yurdum,
bakar bakar yaşardım...
Öyle bir noktada ki
sağa baksan uçsuz bucaksız bir yeşillik, dağlar ve ormanlar...
Sola baksan masmavi bir özgürlük, dalgalar ve martılar...

Ayırt etmeksizin her zerren kabulümdü...
Ve gittin,
gitmen de kabulümdü...

Âşık dediğin derdini sevecek,
çok mu düştün,
Allah'tan isteyeceksin...
Seni o kaldırsın ki kimseler yıkamasın.

Söylemesem Yâr

Eskiler derler ya şuramda bir sızı var;
işte tam şuracığımda...

Yeni doğan bir kuş çırpınışı gibi
düğümlenmiş sözler yumağı.

Söylesem ağlar, söylemesem yâr...

"Rabb'im şu içimde sızlayan acının nasibine yaz beni..."

Geç Kalmak

Gözlerimin uzağa daldığına bakma, içimin ırağındayım. İnsan, bazen geç kalıyor. Bir çaya, bir duaya. Birine. Bazen de birbirine...

Erteleyip duruyor, sevmeyi de sevdiğini söylemeyi de. Oysaki öğrenmemişmiydik,

"Seven sevdiğine, sevdiğini söylesin!"

Neydi o halde geç kalmalarımıza sebep? Ya ertelediklerimizi döndüğümüzde bulamazsak yerinde? Öyle ya ettiği duaları bile değişirken insanın.

Sen geçersin,
İnsan geçer,
Dünya bir gün dönmekten geçer...
Sevda bile bazen geçer,
Gözleri nemlenmeyen
ve seviyorum demeyen her sevda bir gün geçer,
Nefesini de alır, dualarını da alır göçer gider...

S*ns*zl*k

Şehirli bir çocuğun köy sofrasına özlemi gibi sevdim seni,
neyse...

Yine bir gece,
yine hüzün,
göz bebeklerim yağmurlu yine.
Velhasıl derdim çok,

En büyüğü s*ns*zl*k,
yazacak cesaretim yok...

Seni Getirmek İçin

Ne lazım? Yemin ederim ne lazım seni geri getirmek için?

Yazık değil mi bu satırlara, nasıl bir kafiye yakalamalıyım seni getirmek için? Kaç anne daha ağlayacak bunları okurken? Takvimlerde yaprak kalmadı, kaç tur daha atacak akreple yelkovan?

Kaç sevdanın bitmesini bekleyeceğiz göz göre göre? Mutluluğun tarifine geçme vakti gelmedi mi be köylü güzelim?

Gelmen için dağlarla denizleri mi birleştireyim?

Dert bırakmasam dünyada, hepsini üzerime alsam, kanasa omuzlarım gelir misin?
Sensizlik dışında ne varsa sırtlasam taşısam bir ömür boyu gelir misin?
Yetimlerin, öksüzlerin anası babası olsam, dünyada bir tane aç bırakmasam gelir misin sevdiğim?

Bir kere adımı söylesen, yemin ederim şükredeceğim. Sensiz olmuyor, olmayacak da. Rabb'im yerini dolduracak hiçbir şey yaratmamış sanki bu dünyada, zaten bir tek 'O'nun merhametine sığınıyorum.

Gel artık, yeter ağladığım, ağlattığım...
Gel artık, mutluluğun kitabını birlikte yazalım...

Beyaz

Beyaz vuslat rengiymiş...
Adını her kâğıda yazdığımdan beri beyazı daha bir sever oldum.
Çünkü her beyaz kâğıda seni yazmak, murad etmek aslında...

Bazen ne kadar çok yazarsam, o kadar yakın oluyorsun...
O bembeyaz nur yüzünü anlatacak tabirde kelime bulamasam da,
Seni helalim diyeceğim günde (ahirette de olsa) beyaza bürünmüş görmek,
elinin değdiği bir sudan abdest alabilmek...

Şimdi beyaza bürünen ne varsa,
sevdama dua diye ekliyorum...

O eşsiz tepesi karlı dağ doruklarından, baharda çiçeklenen ağaçlara, gökyüzünde pamuk pamuk sevda yazan bulutlara kadar Elif diyorum...
Ses oluyor sesime.

Ah beyazı en çok sende sevdiğim,
beyaz gülüm.
Gelirsen eğer,
Düğün mü denir buna bilmem ama
benim boğazımdaki tüm özlemlerin çözüldüğü gün olur...
İnşallah bize de vuslata bir beyaz urba nasip olur...

Allah için sevdiğim,
Rabb'e bile kavuşurken kefeni beyazdır insanın.

İnşallah bizim de iki beyazımız olacak,
biri Rabb'e kavuşurken,
biri de elin elime değdiği o ilk günde
hasreti bir gönül düğününde yolcularken...

Evlilik, sevdiğinin
malına mülküne ortak olmak değil,
iman dolu göğüsüne talip olmaktır.

Gözlerin İki Kere Yeşil

Dünya tacının en güzel taşı İstanbul'un sensiz tadı yok.
Nasıl olsun,
Elif'siz bir alfabe mümkün mü?
Kim Elif demeden bir sevda tanımı yapabilir ki?
Hangi kafiye Elif'ten daha güzel olabilir?
Hangi kelimenin içinde mevcut değildir Elif?
İçinin de içinde sevme hâli bu.
Kelime değil, harfti adın,
tek harf,
tek ses,
tek nefes,
Elif,
gözlerin
iki kere yeşil...
Saçların,
hiç görmedim...
İşte öyle sevdim ben seni...

Uzun Cümleler

Geceyle sabahın o hüzünlü ayrılık anında
bir ezan sesi yükseliyor ya semaya,
ben en çok o an gibi seviyorum seni...
Hele bir de yağmur gelip, rahmet rahmet düşerse toprağa,
huzur sen tanımına karışıyor bu vakitler...

Artık uzun cümleler kuruyorum,
yüzünü gözünü yanımdaymışcasına yazınca yetmiyor harfler.
Kalem bile yorgun düşüyor bazen.
Yazmaktan yorulmuyorum da
korkuyorum gözlerine bakarken ara vermekten.
Toprağın suya doyarken dışarıya bıraktığı kokuyu alamamaktan...

Boğazda bir düğüm oluşur ya, acı verir hani. Boğazımda
düğümün oluşmadığı anlar acı veriyor bana
ya seni unutmaya alışırsam diyorum.
Ya sevmek biterse...
Yok yok,
aklım bedenimden geçer de kalbim ruhumdan geçmez.
Kolay mı bu kadar severken sevmeyi sahiplenmemek?..

Mutluluğumu kimse bozamaz değil,
ben mutluluğumu dilemiyorum ki...
Acı da olsa, ayrılık da olsa sevdam başım gözüm üstüne...

Sevdan ki;

yağmura karışan kokunun anlamı.

Sevdan ki doğan güneşin ışığı.

Sevdan ki içtiğim çayın demi.

Sevdan ki, Allah'ı bana öğreten.

Şimdi söyle, nasıl geçilir bu sevdadan?

Nasıl geçilir sevdiğim, nasıl?

Düçar

Bir çift dem çiçeğidir sanki gözlerin,
Öyle içli, öyle yumuşak, öyle derin...

Küçük bir çocuğun ağzından zamanın tanımı,
Hiçbir nazarda eskimeyip kalan taze bir bahar havası!

Soluğunla yeşeren cam bardağın bıraktığı iz bile
ayrı bir mateme vururken,
gözlerine düçar şiirlerim...

Aşk Hissiyatı

Tarifinde zorlandığım bir boşluktur *aşk*, hiçbir şey yapasın gelmez. Susmak, kimseyi istememek, yalnızlıktan da korkmak. Çok karışık. Tarifsiz. Yüzünü görene kadar susasın gelir. Her kaybı göze alırsın gözlerine bir kez daha bakabilmek için. Sanki herkes gitmiştir, koca dünya nüfusu bir 'o' gelir adama. Değişiktir.

Kalabalık bir masada yemek yersin insanlarla, kimse inanmaz ki ama karşındadır işte, sana bakıyordur. O günahsız yüz sana bakıyordur, bakışları günahlarını döküyordur. Güzele bakmak sevaptır sözü onun yüzünden türemiştir sanki. Hem için doludur, anlatmak istersin hem ne anlatacak insan bulabilirsin yüreğini korkmadan açabileceğin hem de dile gelmez hissettiklerin. İşte *aşk* böyle bir şey. Kitler insanı. Bir balığın suda yaşama çabaları. Ne mümkün tarifi. Nefes mi alabiliyorsun ki derdini anlatabilesin. Bu karışık odayı açacak tek anahtar yüzüdür. Cennet yüzü. Baksa da açsa ya. Toplasa bu derbeder hâlini. Elinden tutsa.

Kulağına daha önce hiç duymadığın bir dua fısıldasa.
Tüylerin diken diken olsa.
Sanki bir kez tekrarlasan cennete gideceksin.
Sanki Azrail gelse canını almaya tam şimdi, bu vakit,
sadece tebessüm edeceksin...

Eylül - 2

Bilmiyorum hangi kelimenin eteğine asılıp ayan edeyim hâlimi?
Eylülden kalma yanımla mı yaprak yaprak dökeyim heceleri?
Temmuzdan kalma yanıklarımla mı kelimelerin gölgesine iliştireyim sevgimi?
Ya da kışın beyazına bürüyüp, her cümlede manayı; bir ömür gönlüme gelin mi edeyim seni, bir eylül akşamı...

Vakit yine uykuyu yok sayarak
özlemin *aşk*ı Elif vurduğu anlar.
Ve kalemi eksik etmediğim elimde,
dağılıyor mürekkebim sayfalarda,
harfler sanki damla damla çözüldükçe kâğıdı aşka boyuyor.

Eksilmese yağmurlar eylülümden.
Eylül ki senle yağan,
senle başlayan içimin sevda mevsimi.
Seni tanıdığımda yeşil bir gökyüzünden,
renkli yağmurlar yağıyordu.
Her damlası tenime değdikçe, ıslandıkça...
Rahmetinden sual olunmayan Rabb'ime
şükürleri dilime ezber ettiriyordum...

Ve sen eylül misali yağmurları eksik etmeyen,
Yağmurdan daha fazla bir seni sevdiğim...
Ben bugün yine yağmurlara karıştım,
Yeşil bir gökyüzünden değil, yeşil bir göz yüzünden...
Sakın seni suçladığımı sanma,
içimin yağmurları, ömrümün rahmeti oldu.
Rabb'ime yolum oldu...
Rızkım bu sevda, şükrüm bu sevda.
Bir yandan yine derdim de, dermanım da bu sevda oldu...

Sevdama Doğru

Dokunuyor işte,
satırlara yazılanın ırağında kalmak!
Ve bile bile her nefesi belki diye almak.
İnanıyorum deyip teğetinde yaşamak...

Belki bir gün,
özgürce hep hayalini kurduğum yürek gökyüzünde özgürce uçmak...
Her gün en yükseğe çıkıp düşmeden,
Kanatlarım incinmeden...
Sadece uçmak!
Sevdiğime doğru,
inandıklarıma doğru,
özgürlüğe ve
sevdama doğru...

Bir tevafuk ol, gel yüreğime...

Yürekteki Sokak Lambaları

Ne yaşın hükmü vardır ne de aklın bazen!
Öyle...
Hüzünlü kelimelerden ibaret kabarık hayat ifadeleri yer alır
kalbin kimsesiz sokaklarında.
Kimsesizdir içindeki sokaklar.
O gitmiştir çünkü ve sen kimseyi yakıştıramazsın yüreğindeki
kaldırımlara.
Her gece anılardan kalma sokak lambalarından birinin altına
oturursun
ve yazasın gelir sevdiğine.
Sessizliğin bile ağlayası ete kemiğe bürünüp dertleşesi gelir
seninle.

Yazdığın her satır biraz tükeniştir biraz da diriliş,
kalemin kâğıda her değmesi bir geçiş,
en sonunda hepsi birer Allah'a yöneliş...

Mürekkebi Dağınık Yazılar...

Ne zaman yazacak olsam birkaç damla ıslatıyor önce kâğıdı. Ne zaman yazacak olsam dediğime bakma, her an içim zaten senken dilim, elim derman bulursa, nefesin bugün de sen demeyi başarabilirse yazıyorum. Çünkü yazmak da değil; bu sana susamak, sana yanmak, sana kanamak, sana boyanmak... Sana!.. 'Bir Elif miktarınca...'

Elif,
öyle ağır geliyor demesi. Öyle bir mana. Söylerken dilim, kaldırmıyor, bu beden gözlerimden taşıyor kâğıda. Dile getiremediğim dualar gözlerimden akıyor kâğıda. Yüreğim Elif'e taşıyor, gözlerim kâğıtlarda mürekkepleri dağıtıyor. Derbeder hâlde bekliyorum yüzünü göreceğim günü.

Parmak uçlarım bile seni hisseder gibi tutuyor kalemi... Öyle titreyen, öyle mahcup, öyle korkarak... Yazarken bile seni yazamamanın hakkını verememekten korkuyorum. Hani bu sevdanın yüreğe rahmet oluşu gibi satırlarımın da senin rızkını versin istiyorum. Gözlerimi bile açmıyorum bazen yazarken... Elif. Hayalin... Hayalinden öte Yaradan'a her gün şükrettim varlığının silüeti gözlerimin önünden kaybolmasın diye... Yazarken bir adım daha yakın oluyorum. Hele dünyada gördüğün en güzel şey deseler, gözlerinin ötesine geçemeyeceğim o yeşil, o cennet gözlerin. Bakıyor ya bana öyle... Rahmet rahmet... Işık ışık... Canım, özüm, yaşam sermayem, gönül rızkım... Elif'im. Gözlerimi açmak şöyle dursun, o an ölmek bile düğündür...

Seni yazmak, seni anlatmak... Nefes alışım, yaşamam gibi. Yazmasam kelimeler boğaza düğümlenip, nefes tükenecek...

... Bu yüzdendir yazarken önce gözyaşlarım temizliyor gözüme bulaşan sen dışındaki kirleri. Dünyanın boş telaşelerini. Gözümden dünya düşüyor, yüreğime rahmet damlıyor. Ah, benim aciz satırlarım seni yazıyor ya, sana değiyor ya... Dilim sana dönüyor ya Elif diye diye!.. Şükrüm kalbime ezber. Hamd olsun!

... Bir adam bu kadar ağlar mı deseler de umurunda değil... Yine yazarım, yine yanarım. Yüreğime bahşedilen bu sevgi Rabb'e inanmanın diğer bir adıyken, Aşk'el yakın iken... Elif iken... İki damla gözyaşının gözlerimi kızartmasından mı utanırım. Tüm okyanusları içime getirsinler ben yürekten ağlarım. Satır satır mürekkebim dağılıp gözyaşlarıma bulanıyor ya ben sana boyanıyorum. Mürekkebi dağınık ama kalbi bir tek sana alışık yazılar yazıyorum...

Başımı kaldırsam kâğıttan gökyüzünde yüzünün binlercesinden. Martılara katılsam, denizlere hürriyetimize kanat çırpsak gözlerinin binlercesinden. Rahmet yağsa gökten kokun diyorum bu dünyadaki tek mükâfatım, yağmur kokulum...

... Elif!
... Bir gün bu can kuruyacak. Yaşamasını beceremediğim şu dünyada adım anılırsa, senin varlığından öte anılsın!

Allah'a Emanetsin

Nasıl söylenmeliydi?..

Yakınıyoruz sevdadan, sevdası dem tutmayanlardan...
Öyle...
Kalbi ılık olmakla kılıbıklığı bir sayanlardan.
Ruha eğlence aşklar olmamalıydı,
Ruha hüzün de olsa hoş gelen aşka dem olunmalıydı...
Ah yürek!..
Sevgiyi rızık bilen bir Peygamber'in (s.a.v.) ümmetiyken,
şükrümüzü eksik bıraktık.
Sevginin imtihanından duasız geçilir miydi hiç?
Yürekten ses vermeyen aşk, dilden ses verse de boş teneke ile birdi...

Nasıl yazılmalıydı?

Yazılıyor yüzlerce sevdaya dair kelime...
Öyle...
Peki, hangi kelime sırtlanıyor sevdasını bir ömür.
Daha doğrusu bir ömür, iki cihan yazılan hangi sevdayı
sırtlanıyor bir yürek.
Bilmek gerek yazdığında, yüreğine değdirmek gerek...
Sırtlanmak gerek seni nefessiz de bıraksa.

Seni senden de etse...
Yediğin lokmayı zehre döndürse de...
İmtihandır... Dua gerek... Şükür gerek...

Geceye dönerken vakit, kıymeti sevmenin Allah katındadır
diyorum...
Ve bir dua bırakıyorum, her gece gibi üstünü aşkla örten...
Yürek emanetim...
Emanetleri kaybolmayan Allah'a emanetsin.

Anafor

Ah yine telaşlı yüreğim!
Düşünceler paramparça...
Hangi gizemin arkasında saklı dua dua belirginliğin...
Söyle bileyim!
Hangi sokaktan geçmek gerekiyor,
hangi kapıyı çalmak,
hangi çayın deminde boğulan kelimenin sessizliğinde...
Nerede?

Duadır adın bilirim,
yol olsun uzun olsun ben yine de yürürüm.
Ama bırakma beni siyahtan daha kara düşüncelere.
Neden bu yabancılığın?..
Bekle bir bak!
Hangi girdabın deli merkezinde sana ulaşayım.
Hadi söyle, yüzsem de yüzemesem de atlayacağım...

Dönüp dolanıp yine ve yeniden hep seni bulayım...

Beklemeler Feda Olsun

Çok söze gerek duymuyorum bazen.
Yoruyor asılı kalmış cümleleri taşımak.
Sessiz, sözsüz konuşuyorum.
Dilimin döndüğünce değil, kalbimin attığınca ses veriyorum...
Dua ediyorum...
Seviyorum...
Ve biliyorum herkes nasibince yaşar hayatı.
Tevekkül boyutu bize düşen.

El eyledi, dil söyledi, kalpte birikti...
Velhâsılı beklemek aşkın sabır yüzüydü.
Öylece...
Beklemek bir sen edecekse ahirette,
bu dünyadaki tüm beklemeleri sırtıma yüklesinler, sana feda olsun.

Vallahi

Adımı bir kez söylesen,
son nefesini verirdi şehrimdeki kötülük.
Bir Elif sesi esse beriden,
duymayıvereyim vallahi yeterdin bana.

Bir su olsan aksan gönlüme,
günahlarım utanır terk ederdi.
Gözlerin eşlik etse ömrüme,
açılırdı cennet kapısı vallahi kendinden.

Ayrılık Hükmü

Her şey yerinde güzeldir. Güneş dünya üzerinde, Allah'ın ona çizdiği o müthiş noktada etkilidir. Öyle bir yaratmıştır ki tüm dengeler öyle hassas kurulmuştur ki bakınca 'Allah' dedirtir. Güneş biraz uzak olsa donarsın. Biraz yakın olsa yanarsın. Kısaca biraz yaklaşsa ya da uzaklaşsa yok eder varlığı.

Öyle saf, temiz kökler saldım ki senden uzaklara.
Hasretin yakıyor biraz ama burası iyi be sevgili.
Alıştım hasretine, vuslatı kaldırmaz bu beden.
Yanarım, yakar beni varlığın.
Orada kal.
Sensizken yüzmeyi öğrendim mana denizinde.
Araya sen girersen, suret girer.
Siretindedir benim sevdam.

Yana yana dünya küçüldü, önemsizleşti.
Yanımda olmana gerek yok her yer sen zaten,
bozmayalım büyüyü.

Biliyorum bu bir intihar ama gelme sevgili.
Gel desem de gelme.
Hasretinin demini tattım, yetti bana.
Şükürler olsun varlığını idrak ettiren Rabb'ime.

Şükürler olsun seni bana yol yazıp, kendine meyl ettiren Rabb'ime. Seni bana uzak, beni sana uzak yazmışsa vardır bir hükmü. Yan yana olmak belki nefsi sokacaktı araya. O yüzden ne yazılmışsa bize de tevekkül boyutunda yaşamak düşer.

Gelme sevgili, seni böyle sevmek,
yalnızlık,
kendine dönmek,
kendini bilmek,
Rabb'e yönelmek...

Edep Şerbeti

Çünkü insan dik başlıdır, hep uzağı görür gözleri. Helalin yanı başındayken bir narı ateş merakına tutulur. İnsan manzarayı karşısına alıp, yasaklı zehir şerbeti içer mi? İçiyor işte, şeytanın işleri. İnsan dik başlıdır, hep uzakta arar sevgiyi. Demiyor mu, "Ben size şah damarınızdan da yakınım" diyor da kime? Hangi kulağa?

Issız sokaklarda bile başım yerde sevdiğim. Tarif ettiğimiz bu yolda içtiğimiz tek içecek edep şerbetidir. Başımı kaldıracak olsam, yakışır mıyım Elif'ime, diyorum. Namazı aksatacak olsam seni isterken Rabb'imden yüzüm kalır mı, diyorum. Bir küçük çocuk utangaçlığında seviyorum seni. Çocukken teyzelerin içinde söylermişim ben Elif'i seviyorum diye, büyük adam olunca da kitaplara yazdım sevdamı. İlk senin söylediğin tabir üzerime yapıştı 'sakalları şiir kokan adam'ınım ben senin. Bilmiyorum ne kadar yakıştı. İçinde Elif geçen hangi şiir kötü olabilir ki?

Elif gibi Sevmenin verdiği sorumluluk beşeriyet hevesine son verdirir,
yüreğimize yerleşen hayr,
kiloyla dünya altınından daha ağır gelir.
Nasıl sevdiğimizi anlatsak,
idam sehpasındaki adam tebessüm eder.
Siyah bir gül koklayan kelebek yüzünü görse,
ertesi güne çıkası gelir.

Kuş Olsam

Bir kuş olsam...
Kursağıma dolan özlemle yol alsam.
Duayı kanat,
Özlemi katık,
Yâri nefes bilsem...
Derdim Hakk'a muhabbet olsa,
hüznüm demini alsa,
Geceyarısı bir vuslat çıksa gelse...
Hayr olsa diyorum her şey hayr olsa,
Demlensek de yârin hasretiyle,
desek 'gelsen de eyvallah gelmesen de'
yanılsak bu sefer,
Rabb'im kavuştursa...

Sevda Celladı

Nehirlerin boynu bükük,
bir sevda varışı arıyorlar akmak için.
Yön Elif diyorum,
nehirlerin akışından tanıyorum senin adresini.
Kim saklayacak seni benden,
hangi akıl yener bir çocuğun duasını.

Gel, gez yürüdüğüm sokakları,
her yere yazdım seni,
Kız Kulesi, Boğaz'ın adı bile geçmez bu kadar şiirde...

Yüreğimize saplanan o hançerin akıttıklarıyla yazılan yemin bozulur mu? Bu kadar seven adamın elinden sevdiği alınır mı?

Gözyaşlarım kadar vücuduna yağmur suyu değmemiş insanlar çıktı sevdamızı bitirdiler. Sabahları soğuk sulardan korkan insanlar ayırdılar bizi. Benim hakkımı boş ver, sensiz gecelerimin hakkını nasıl ödeyecekler? Uykusunu yenemeyenler çıktı bizim sevdamızı bitirdiler, bir nefs rüzgârında hepsi yıkılacaklar.

Ne kadar uzağa götürseler seni, ellerimi açtığımda o kadar çok değiyor ellerin ellerime. O kadar hissediyorum seni yanımda. Dünyayı ceplerine koysan doymazlarken, kilometrelerce uzakta iki satır Elif kâfi bana. Gözlerini bilmek kâfi, sen kâfisin bana.

Bir sevda celladı daha işini gördü yine,
Eyvallah be.

Zerre kadar benlik kalsaydı bende,
acırdı bir yerim.
Acıyacak bir yer kaldıysa bende,
haram olsun bu sevda bana.

Kalmadı bir şey,
ne esrem kaldı ne ötrem, baştan aşağı Elif,
bir Elif'i mi böleceksin ikiye,
alttaki de Elif üstteki de.

Bir inançla mı başa çıkacak bir celladın kindar kılıcı,
bir duayı mı yenecek bir celladın küfürü?

Bir kere ağla be cellad,
korkma kimse görmez.
Kimse bilmez; elalem de bilmez, komşular da bilmez.
Ne gururun zedelenir ne adın küçülür.
Karanlığı bile korkutursun, ölümü de yenersin belki!

Ya da boş ver
ne de olsa cennet ayaklarının altında...

Ellerinden Öperim

Hafizem derdim sana. Sen de bana güzel adam.
Ben İstanbul'dan eski yüksek tavanlı evden yazardım sana,
sen köyden, öyle güzel bakardın ki bana.

Desen ki şehir girdi aramıza,
yakardım İstanbul'u söndüremezdi Marmara.
Kör gecelerde kapanmak secdelere,
seni getirmeyecekse,
ne edeyim İstanbul'un getirdiklerini bana.

Ne kadar güzel batarsa batsın Bostancı sahilinden güneş,
eğer orası girdiyse aramıza, küserdim İstanbul'a.

Bir avare oldum cevabını arıyorum gitmelerin. Tüm gitmeleri çözebilirsin diyorum kendime. Kimse gitmesin, küsmesin nerdeyse gidip bulacağım derdim kendime küçükken. Küçükken derken sana ilk baktığım vakitler. Ben sana baktıktan sonra büyümüşüm. Büyüdükten sonra da sana bakmaya devam edebilecek miyim?

Birlikte baktığımız İstanbul'u özlüyor insanlar. O zamanlar biz bakardık, o güzelleşirdi. Senden sonra bakmıyorum İstanbul'a, utanır küser diye 'aşk'lara...

Sensiz yaşamak öyle bir suç ki
unutulmayacak anılardan bir kelepçe...

Gölgen hatıra evimde. Işıkları açmıyorum. İşte o kadar seviyorum ben seni. Sen gittin ya diyorum, bakacak yüz gitti. Bakacak göz gitti diyorum. Değecek tene tövbeler olsun. Sen gittin ya, huzurum gitti. Sadece ben değil, tüm sevmeler gitti. Sesler de gitti mi? Hayır. Sadece sesler kaldı, her ses ayak sesin sanki. Her deniz kenarı sen. Dalgalar Trabzon'dan haberini alıp, İstanbul'a vuruyor. Sanıyorlar ki hava ağır, dalgalar ondan. Hayır diyorum, dün gece çok özledim. Öyle özledim, İstanbul kaldıramıyor sevdamı.

Hayal kurmayı unutmak ağır gelirmiş. Elimde kâğıt kalem, hiçbir zaman idam edilmeyecek bir idam mahkûmu gibiyim. Kâğıtlar doydu artık sana. Sensizlikte buldum yolumu. Sensiz yürüyecek yol kalmadı.

Rüyalarımda da olsa gelsen bir kez daha,
kalksam, avuçlarından öpsem...

Seviyorum

Zaman cengaver bir atlı sanki,
devirip geçiyorken ömrün mevsimlerini,
vakitsizliğin vaktinde yokluyor seni.
Derisi yüzülen zaman,
hayatın kendisi değil mi?

Yağmur öncesi an gibi tekliyor;
bulut bulut akan kalbim...
Usulü aksak bir türkü misali...
Harfler uçuşuyor adına benzer,
Sevda dokunuyor biraz da acıya benzer...

Sonra bırakıyorum kendimi bir duanın içine;
Birden, gökyüzünün çatısı altında
Yokluğunu kokluyorum, yazdan kalma yeşilliklerde...
Dua bu ya, yâre yol alıyorum!
Susuyorum, susuyorum...
Seviyorum, seviyorum...

Ve son bir çay daha söylüyorum,
bırakıyorum kendimi sensizliğin senle dolan demine...

Ölünce

Ölünce de cennette bakacağım gözlerine,
belki de saçına dokunacağım ilk kez...

Bedenim, doğduğum yere gömülecek...
Kalbimin attığı ilk yerde,
Elif'imi,
Hafizemi,
Zerresine kurban olduğum kadını
ilk gördüğüm yere,
yani miladımın kıyısına gömülecek...

Üzerimdeki toprak, son şiirimi yazacak dünyaya,
Bu sefer kalem değil parçamdan,
kanımdan, canımdan yazacağım seni...

Bir gelincik çiçeği açacak kalbimin hizasında,
Can özüm,
yemin ederim,
bir yaprağında Elif yazacak,
diğerinde Hikmet...

Yaşama dair...

En Sevgiliye Çağrı

Heybemdeki ömür duraklarından biri daha,
İstanbul'un can bulduğu alanlardan biri olan Eyüp Sultan Camii önü. Taburelerde oturup burada çay içmek, sıcak bir sohbeti yudumlayıp kalbe indirmek gibi...
Yazın ortasında bile olsanız kalıcı bir yağmur kokusu vardır avluda. Temiz havanın zihinde oluşturduğu manevi bayram atmosferi 'şükür' kelimesinin altını bir kez daha huzurla çizdirir.

Ruhum çocuk hâli...
Sanki yüreğe sığmıyor da yazasım geliyor.
Elimde kendime hediye birkaç kitap.
Parmağımla satırları gezip harf harf keşfettiğim hakikati tadıp yürekte vuku bulmasını izlemek demlenmenin en güzel yanı...
Yüreğimin nasibini alması duasıyla akşama, ezana karışıyor sessizliğim...

Eğer bir gün yolunuz Eyüp Sultan'a düşerse, avlusunda bir bağdaş kurun ve gözlerinizi kapatın. Nereden geldiğini anlamasanız da sevdiğinizin sesini duyacaksınız.
Ve biraz daha beklerseniz, bir ses saracak etrafı ve sevdiğinize çağrılacaksınız. Ezan vakti, haydi Bismillah...

20 Temmuz 2014

Sevdaları Sahiplenmek

Sahipsiz sevmeler ne çok etrafta.

Ne durağı belli, ne sonu.

Ne varlığı kesin ne de yolu.

Nasıl yükleniyorlar bu sevda yükünü?

Sevda dediğin soluna yüklenmez miydi?

Soluna yüklesen, solundan etmez miydi?

Ben diyen adamı kendinden edip,

Sevdiği ile bir etmez miydi?

İstediğimiz yüreğimizi emanet edecek 'Helal Sevdalar' değil miydi? Öyle ki ne başkası görünür ne de yalancı bir hayale bürünürdü...

En doğrusu özlemle bekleyip, alnından öpeceğin ve 'Helalim' diyeceğin o günü beklemek. İşte o gün, kabul etmediği bütün dualarınız için Allah'a şükredeceksiniz. Ve o gün anlayacaksın vakti geldiğini çay içmenin, dua etmenin ve Elif gibi Sevmenin...

Duayla karışık,
Sol yanındaki ateşe atlayamayanların ne işi olsun ki helal sevdalarla...

Bir sevdayı sahiplenmek için solundan yanacak cesaret gerek bir adama...

Muhabbet

Konuşmak; hele günümüz hallerinde herkesin iki kelimeyi yan yana getirip kurabildiği, kolayca tükettiği sesler. İnsan herkesle konuşabilir ama herkesle muhabbet kuramaz. Muhabbet ki bazen sese bile ihtiyaç duymaz. Mesafeler bile olsa iştiyakla muhabbetini besler sevdiği gönlün. Muhabbet bir sırdır. Görünmez bir bağ ile gönülleri bağlar. Muhabbet hasıl olan artık gönüller birdir. Gönüller bir kere tatmıştır ya bunu. Artık o iki gönül birdir.

Peki, kendiyle muhabbet eden ne olur? Kendini bulur. Kendini bilir. Kendini bilen de Rabbini bulur.

Muhabbet insanı öyle bir kılar ki muhabbetten saklı olan sır yayılır. İnsan öğrenir. İnsan noksandır. Allah'a olan muhabbeti sayesinde sıyrılır dünyadan. Allah muhabbeti edebildiğin kişiler senin insanın asıl anası babasıdır. Çünkü onlar senin aslını doğdurur, ortaya çıkarır. Seni sana bildirir ve Hakk'ı buldurur.

Muhabbetin o güzel tohumlarını atan hafizem.
Ey her günüme muhabbetini sığdırdığım yâr.
Her gün hasretle içime ses veren yâr.
Gönül senin sevginle dolu olunca her şey sen.
Bir kuş sesinde, bir dalga vuruşunda, bir çiçeğin açışında,
Göğe baktığım bulutlarda, yıldızlarda her şeyde bir sen...
Duyuyorum, gönlün ses veriyor bana.
Muhabbetini eksik etme gönlümden.
Gönlüm susuz kalır,
Dil kelamsız,
Yarınlar ümitsiz...

Aşk-ı Tevekkül Eyledim

Hz. Ali; Fâtıma'yı yüreğine emanet bildi,
Fâtıma ise Ali'yi can özü...
Ali, Fâtıma'dan başka eş bilmedi iki cihan üzerinde...
Fâtıma, Ali'den başkasını haram kıldı gözlerine...

Efendimiz (s.a.v.) Hz. Aişe'yi kördüğüm bildi,
Hz. Aişe efendimizi gönlünün rızkı eyledi...
Efendimiz, Aişe'den başka en sevdiğim demedi,
Aişe, Efendimizden başka Allah'a yol bilmedi...

Ne güzeldi Allah için sevmeler,
Ey yâr ben de seni Allah için sevdim...
Elif dedim,
yolum dedim.

Ve Aşk-ı Tevekkül eyledim...

İçgüdü

Mesela bir martı. Ne kadar güç ve soğuk da olsa hava, rızkını arar. Ve bu asla zahmet değildir onlara...

Bir karınca mesela; yüksekten baksan küçümsersin nereye gidecek de ne bulacak dersin. Ama o nefes almadan duraksamadan rızkını arar ya hani;

Bana da zahmet değil ki seni sevmek,
dünyaya bırakıldığımda baktığım ilk şeysin sen.
Döndüğümde durduğum,
düşündüğümde aklıma düşen.

Dua ettiğimde ellerimi sıkı sıkıya kaldırıyorsun.
Öyle içten bir inanç dua ediyor Rabb'ine.
O kadar uzaklardan bana yaşattıklarına bak.
Seni seviyorum desem, basit kalmaz mı?
Seni yaşıyorum demek daha mantıklı...

La Tahzen

İnceden sızar bu dert...
Sınandığımız yer kalbe değince,
ağırlaşır dünyanın yükü biraz daha.

Yine de şükür der tatlandırır dilimizi susarız,
yüreğimize dokunan vardır çünkü
emanetimizi korur kollarız...

Dokundukça Rabb'e yol aldıran bu hüzün,
biliriz ki g e ç e r...

Geçer de inşallah hayra değer de geçer...

Beklentilerimiz

Beklentisi olmadan yine de beklemekti bir çayın içine sığdırdıklarım;
Kimi zaman hayaller diye içtiğim,
Kimi zaman gerçekler diye yutkunamadığım.

İnsanın sevdiğinin elinden demlenen çayı içmesi...
Belki de bir ötesi;
Belki de bir insanın başına gelebilecek en güzel şey,
sevdiğinin diline dua olmaktır.

Allah çayımızı sevdiğimizin demlemesini,
adımızın geçtiği duaları da yine,
sevdiğimizden duymayı nasip etsin...

Bu İnsanlar Bizden Ne İstiyor?

İnsanların bize tam olarak ne öğretmeye çalıştığını bilmiyorum. Ömrüm onların öğretiklerini unutmaya çalışmakla geçiyor.

Sevdadan ölmek ayıp mı diye sormak istiyorum onlara. Kadınların kirpiklerine uyguladıkları bakımın da bir uzmanı varmış. Ben bir peştemale sarmışım anılarımı, geceleri bekliyorum. Mürekkep ne kadar yeterse kafiye yazacağım sevdiğime. Söyleyin bana bir moda serserisi bizim hayallerimizi anlayabilir mi? İnsanlara bir çemberin arasından bakan bir çift yeşil gözün bana namazı hatırlattığını söylememi mi bekliyorsunuz? Naftalin kokulu şehirlerde bizi büyüten annelerimiz kulağımıza bir domates tazeliğinde hakikatleri neden fısıldamadı?

İnsanlar bize tam olarak ne öğretmeye çalışıyor? Gençlere sigortalı bir işe girmezlerse ölürsünüz demek de neyin nesi? Kaç paraya geri verirler, bize bir iş uğruna hibe ettiğimiz ruhumuzu? Bebekken unuttuğumuz kalbimizin tebessümünü kaç sırıtışımıza geri verirler?

Gözümüzün içine bakın ve sebepsiz hüznümüzü görün. Biz uçmak istiyoruz. Eğer uçabilirsek, hiçbir dünya derdi bizi bir köşeye sıkıştıramaz...

Ev

Öyle ışıklı lüks avizeli evler değil,
Bir gaz lambası da olsa ışığın değerli olduğu,
Gülümserken yârin yüzünü aydınlandığı,
Çayın yanına tatlı dilinden süzülen yürek kelamların sığdığı,
Dört duvar, bir çatı...
İşte 'ev' diyorum,
Huzur diyorum...

Gece Tarifesi

Gece,
sardı yine o siyah örtüsünü.
Kimi için uyumaktı,
Kimi içinse uyanmak...

Ve uyanmak olmalıydı gece...

Gece karanlık diye inananlara seccadeleri ıslatan gözyaşlarının aydınlığı gösterilmeliydi...

Dua dua çözüldükten sonra;

Hem bu dünya için

hem ahirete istediğim için sevdiğim yârin hayaliyle... bir kitap alıp, gecenin kıyısında çayı yudumlamaktı...

Gece tarifesi yapınca gönül, düşünceden fazla yakıyor!

Evvel ve Ahir Allah

Bir ezan sesi çalar yürek kapımı.
İnşirahın serinliğini hissetmek için camı sonuna kadar açıp, duaya sarılır yüreğim.
Belirtisi hüzün olan imtihandan gözyaşı değmeden geçilmez be azizim!

Nasiptir, değildir! Hayırlısı dilimin ezber taşı...

"Biz her insanın kaderini, kendi çabasına bağlı kıldık." (İsra 13)

Ayeti tezahür eder yüzümde...
Bilirim önce tevekkül,
Sonra nasip...
Sol yanım hep emanetleri kaybolmayan Rabb'e emanet...
Gerisine zaten Eyvallah, Evvel Allah, Ahir Allah...

Su ve Ateş

Üzerine ne çok kelam yazılmıştır. Derin bir aşkın, iki büyük imgesi (kalbe dokunuş şekli) olarak karşımıza çıkar. Yanmak, yandıkça susamak, susadıkça kanamamak. Bir varoluş değil, bir yok oluştur çünkü bu hâl. Ve bu hâl şükre sebepse, yanmak suyu istememek ama kavuşursa 'hiç' olmayı göze almaktı.
Biliriz bunları velhâsılıkelâm, biliriz de;

Vakit imsak...
Camı sonuna kadar açıp ezana karıştım biraz.
Karanlık nurlu bir aydınlığa koşuyordu sanki.
Üstüne en güzel yaldızlı kıyafetini giyip...
Ve niyete tekabül ediyordu kalp.
Oruca olduğu kadar her gün seni sevmeye de.

Şimdi su ve ateş misali.
Ömür boyu oruçlu olup, yanmak ve susamak...

Dudaklarına günün sonunda bir damla suyun değmesiyle
Rabb'e şükre durmak...
Yan ve son.

Hakk için yürüyorsan, yanışın güzel bir son bulur daima...

Bu beşeri hayatın nefesi kesildiğinde alışmadığım bir
dünyanın yalan sevgileri ile yanmaktansa.

Bir dünyada kavrulan bir tek yürekle haşrolunulmayı isterim.
Unutulmasın ki sevgi rızktır.
Su ve ateş de rızıktır bu dünya için.
Rızk olunca şükürsüz olur mu hiç?
O yüzden yanmalara da
yanıp susayıp yok olup,
tekrar yanıp kavrulup, hiç olmaya da eyvallah...

Gelse de gelmese de Eyvallah...

İki Nefes

Nasıl da yaşlanır ten...
Dile düşen derdin,
Geçmeyecek mi sanırdın?
Geçer ve geçecek!
Ya içine atıp da geçiremediklerin.
Sustukların.
Çayın demine atıp da yuttukların.
Hangi dünya içinden büyük ki?
Hangi aşk sevgiliye yakın olmuş ki?
Değmeyecek eli tuttuğunda kendine kızarsın da
Ona kızamazsın...

Beklenti değildir ki sevmek.
Beklemekti.
Beklenenlerin çoğu da zaten gelmezdi...

Ve kaybedince değerlenirdi, oysaki hep değerliydi.

Velhâsıl geceye dua düşer şimdi dilden,
dilden ziyade gönülden.

Aşk daha değerli olmaz değerini göstermeye çekindikçe,
asıl değerini yitirir,
her dua arası, her namaz sonrası, iki nefes arası vermedikçe...

Seveceksen Eğer

Seveceksen eğer, gözleri sabahın altısı bir kızı seveceksin. Bir sabah ezanı gibi gelecek kulağına sesi. Güne değil, hakikate uyandıracak yüzüne küçük bir çocuk gülüşü saklanmış o kız.

Ağlanacak şarkılarda bile öyle güçlü bir sebep olacak ki her daim tebessümün şaşırtacak insanları. Şehvetin esiri yaşıtlarının aksine, göz kapaklarından öpesin gelecek sevdiğini. Hayallerindeki şehrin prensesi kadını yapacaksın onu.

Yağmur yağdığında o meşhur kokuyu paylaşmak isteyeceğin birini seveceksin eğer illa da birini seveceksen. Geç geldi, erken geldi demeyeceksin; hangi yaşında gelirse gelsin, şükredeceksin soluna nefesini emanet etmişse eğer.

Ve eğer gerçekten seveceksen bir gün sadece soyadını değil, bütün bir ömrünü vereceksin sevdiğin kadına...

Baba

Seversin ve tümü değişir hayatının. Şarkıların bestecileri seni ve onu tanıyordur sanki. Nakaratından klibin çekildiği yere kadar siz kokar şarkı. Bir bulut gibi iki saniye düşünsen kendinize yorarsın şarkıyı. Evet bulutlar, onlar da su buharlarını size benzeterek taşırlar sanki. İşte bir araba, işte bir tekne, evet bir de omzuna yaslanmış Elif'in. Yeteri kadar özlersen tüm bulutlar size aittir çünkü.

Yeteri kadar da seversen tüm gökyüzü...

Küçükken,
O zamanlar seni tanımıyordum bile,
işte o kadar küçükken babam bana gökyüzüne en çok bakan kimse, gökyüzü onundur demişti.

- Sevdiğim kızın gözlerine en çok ben bakarsam, ne olur baba? Adam dediğin sevdiğinin gözlerine en çok bakan değil midir baba?

Baba?
Babam benimle konuşamıyor
ve Elif yok artık, Elif'in gözlerine bakamıyorum.

Not: Bazı insanların gözlerine baktığınızda, her gün canlı canlı yanmak nedir anlayabilirsiniz...

Ekinoks

Bugün 23 Eylül 2014,
Yani ekinoks.
Yani gecenin gündüze eşit olduğu gün.

Geceyi gündüze eşitleyen Rabb'im, ahiretimizi hayırlı amellerle eşitlesin. Adaletinden de merhametinden de sual olunmayan Hakk Teâlâ. Elbet hak olanı ortaya koyacak ve hasatların has tartıldığı o terazi önünde. Ak da kara da belli olacak...

Ah bu telaşın ne kardeşim, bak koca günün şekli değişti. Yüzün mü değişmeyecek sanıyorsun, yoksa yüzü mü sevdiğinin? Çıkmak gerek bu nefs zindanından.

Yaprağın mı düştü dalından,
bil ki sadece sonbahardasın,
Allah Kerim unutma,
Dudakların sükûta bürünsün...

Sevda Yağıyor

Yağmur mu yağıyor, ben mi yağmur oldum yağıyorum,
bilmiyorum.
Tüm sesler, şiirler, çaya dem oldu içime karıştı!
Sevdayı nasıl bilmiştik,
nasıl ıslandık?..

Yağmur kokusu gibiydi sevdanın bir hâli
öyle cennet bahçesinden gelen kokular sarıyordu,
sesi sevdanın duasıydı sanki dualar fısıldıyordu.
'Bizi birbirimize helal kıl.'
'İki âlem, bir tek sevda.'

Yağmurun tenime değen hâli!
Sevdanın ruha dokunuşuydu
Gökten yağan yağmuru gören hüznüm,
her daim yağmurdan daha da bir fazla yağıyordu...

Yarım Hurma

"Yarım hurma ile de olsa kendinizi cehennem ateşinden koruyun..."

Efendimiz (s.a.v.) beyanı ve duası...

Bazen öyle şeylere üzülüyoruz ki.

Tamam beşeriz ama öylesine abartıyoruz ki ihtiyat etmemiz gereken şeyleri unutuveriyoruz. Sevgide sadık olmayı ve dünya hayatına gönül bağlamamayı O'ndan (s.a.v.) öğrendik. Şimdi kalplerinde merhametin, sevginin, sadakatin olmadığı bir dönemde yarım hurma tanesi inceliğine sahip olsak ya...

Ertelediğimiz zaman bir gün bizi ertelemeden dünya da iken gerçeğe uyanmak duası ile...

Efendimiz

Hazreti Seyyidina Muhammedinil Mustafa...(s.a.v.)
Adının dediği her harf nura bürünüyor...
...
Adın her anıldığında sağ elimi kalbime koyuyorum,
kendi kendine titriyor...
Gözlerimden dünya dökülüyor,
Adını anıyorum...
Rahmet yağıyor...
...
Ya Resulullah bu can yoluna kurban olsun, seni çok
özlüyorum...
Yüreğim çöllerin kuytusu...
Adını her andığımda çölleşmiş yüreğimden zemzem çıkıyor...
Asırların arkasından bir gül kokusu sarıyor.
Mahcup yüreğim, aciz...
Ümmetiniz senin, bakıyorum,
Ah nasıl da utanıyorum...

Nasıl utanmasın ki bu yürek,
Asıl yangın o zaman başlıyor...

Sensizlik yüreğimi karartır insanın.
Vahyin arifesinde Nur Dağı'nın zirvesinde oluşun geliyor...

Oku! Yaradan Rabb'inin adıyla oku...
İkra... ikra... ikra...
sesleri kulağıma değiyor, yüreğim ürperiyor...

Belki seni görmedik efendim ama seni okuduk,
bilmek ne mümkün, sadece bilmeyi denedik...

Ve bu kalp layıkiyle sevmeyi beceremese de çok sevmeye çalıştık...

Adın her geçtiğinde yüreğime Hira'nın serinliği sarıyor.
Dünyayı teşrif buyurduğun gibi yine pazartesinde...
Gelişin geliyor...
Gelişin geliyor...
Rahmetlerin yağışı,
bütün hamdü senalar Rabb'e yükşelişi,
Yerle gök arasındaki...
Kutlu ibarelerin vuku hâli...

Binlerce selam ve salat üzerine olsun!
Çok özledik...
Çok.

Sabır

Gönüldür sermayesi ahiret servetinin...

Öyle çok kırılan, incinen yanlarımız oluyor ki;
ama incitene dua etmekten kendimizi alamıyoruz bazen.
Ve çoğu kez kalem kâğıda değmiyor.
Can değiyor...
Yazılanın ötesinden seslenesin geliyor!
Gör, anla hâlim sana ayandır diye...
Şimdi hepsi gecenin karanlığında boğaza düğümlü,
canlar ölümlü!

Gönlünde temiz ne varsa sermayesi de ahiretin odur.
Nakış nakış işlediğin sevgin,
Duan,
Şükrün,
Sabrın,
ve hepsi ile özdeşleşen inancın...
Ötesinden Rabb'ime sığınırım...

Dua

Dert dediğin nedir ki?

Dert, Rabb'in kuluna seni seviyorum deme şekli değil miydi?
Dertsiz kul olmazdı. Peki, derdi dert etmek de nereden çıktı?

Hele ki sevgi dert olur muydu, onsuz bir hayata sığamazken?..

Derdimiz Allah'a hakkı ile kul olmaktı,
bu yolda hiç bırakmayacağımız elleri tutmaktı...
Rızık bilmedik mi sevgiliyi gönlümüze,
Ah, bu dünya telaşına sevgiyi kurban etmekte nereden çıktı?..

Yarım dua da olmaz sevgi de!
Ya tam seveceksin
ya da çalışmayacaksın hiçbir yüreğe girmeye...

Beklemek

Beklemek, belki de kelimeler içinde en sabra ihtiyaç duyulanıydı!
Çünkü beklemek;
öylesine keskin bir acı, bir o kadar da bilinmeyendi ki yürekte, içinden sabretmeden geçilmiyordu.
Ve beklemek, özlemi de içinde taşıyan ne zaman patlayacağı belli olmayan volkandı...
Her an içini yakacak olan yeni bir ateşe gebe bekleyiş...

Beklemek, ne kadar özlemek varsa sırtlamaktı hepsini.
'Ahh' etmek miydi? Asla.
'Ahh' etmek büyüyü bozar, ne sabrı öğretirdi ne de kavuşunca şükür ettirirdi.
Beklemek bile bile kendini ateşe atmak ve 'ah' etmemekti.
Sabır silahını kuşanmaktı ve arkana bakmamak öylece beklemekti...
Hakk'tan istemek,
verse de vermese de 'Eyvallah' demekti...

Yâr, bekleyesim olduğu kadar gelesin olsa. Kelimeler hüznü terk edip, artık vuslatımızı yazsa.

Hayal kurmak da bir tür duadır.
Allah hayırlı hayallerinizi kabul etsin.

Teyze

Gözleri sevmenin tarifiydi yaşlı teyzenin,
Kırışmış her çizgisi...
Emek verilen sevginin tebessümüyle ve gözyaşıyla aydınlandı;

- Ya ölürse, efendim, evim, ocağım, dedi.
Yalnızlık çok zor evladım,
Hele aşına aş, yüreğine aşk olan yoksa...

- Çocukların hepsi evlendi barklandı. Torun torba derken kaldık gene de bir başımıza.
Ha, yakınma değil bu, onun başı benim başıma olunca şükür etmeyim de ne diyim.
Öyle güzel söze falan gerek yok, bana öyle bir bakıyor ki,
Çayımın demi, evimin sıcağı, dilimin tadı yerine geliyor...

Uğruna değecek biri varsa yanında,
bir ömür acı da olsa insan seviyor, sığınıyor...

Ellerinde baston ama dayandıkları yürekleri...
Sevda dediğin 'dünya ve ahiret' için hayır olacak...

Sevenin gönlü kuş olamadıkça dalına konmaz.

Nasipse

Bazen hayaller kurdukça yıkılan ve yıkılanların altında kalan sen olursun. Ettiğimiz dualardan çok hayal kurduğumuz içindir belki. Böyledir! Can bile bizim değilken hayatla pazarlıkta ortaya ne koyabilir ki insan? Kaç kişi hayalden çok dua kurmuştur hayatında? Öyleyse nedendir bu isyanlar, şikâyetler? Hesap soracağımız kimse yoksa, kime bu isyan? İnsanlara isyan şikâyet yerine şiir öğretilseydi, böyle mi olurdu? Kızası gelince gider şiir yazar, şiir yazınca okur, okuyunca adam olurdu.

Tevekkül diye bir sır var. Ve biz nasip kelimesinin gerçek manasına inanıyoruz tevekkül edince, Hakk'ın ya onu vereceğine ya da daha hayırlısını vereceğine inanıyoruz. Diyeceğim o ki nasipse olur, olmazsa gideriz...

Bakış

Ne yaşın hükmü vardır ne de aklın bazen! Öyle belirtisiz kelimelerden ibaret kabarık hayat ifadeleri yer alır kalbin kimsesiz sokaklarında. İçinde yaşatır büyütürsün anlatamadıklarını. Sende saklı kalır. Annen baban anlamaz bazen. Zaten ilk onlar anlamaz. Bazılarının anlayacak babası da yoktur zaten, yüreğinde sakladığı o baba kokusu dışında.

İçindeki şehrin en güzel yerinde ise ancak sevdiğini koyar insan. Görmesen de o gül yüzünü, duymasan da ismini söyleyişini o ilk sevme var ya, işte o. Saklıdır yüreğindeki şehirde.

Kim gelsin ki anlatasın. Kimsesizliğin dibindeki her akşam vakti çıkarırsın zihninden bir fotoğrafı bakar durursun. Ama nasıl bakma. Ama nasıl ağlama. Gören, eli eline değdi sanır. En güzeli ve tarifsizi de sen ona bakarsın ve o zaten sana bakıyordur.

İşte doğduğun günden bugüne kadar yazdığın her satırın tükenişidir o bakış. Kalsın dersin hayat, kalsın. Tükenmişsindir artık. Belki de dirilmiş...

Sonbahardaki Yaprak

Sonbaharın hüznü nereden gelir, bilir misiniz?
Sonbaharın bir yanı ayrılık, bir yanı kavuşmaktır...

Ayrılıktır;
Yaprak yaprak dökülmektedir ağaç, insanın içi gibi.
Yaprak ki o güven veren, kök salan ağacından uzaklara savrulmaktadır...

Kavuşmaktır;
Toprağa düşünce yaprak kurur ve özüne kavuşur.
Ağacın, yani sevdiğinin kökleri zaten topraktadır.
Ölüm gibi.

İşte insan da sonbahardaki bir yapraktır,
Ayrıldım dediğinde kavuşur sevdiğine...

İnşirah

Biraz kırılıyor insan.
Sesinde sıcaklık eksik kalınca...
Hatta yoruluyor...
Yüreği sarmayan cümleleri yüklenip taşımaktan...
Oysaki varlığını vatanım bildiğim topraklardan şimdi sürgün yemiş gibiyim...
Yabancısın hanidir...
Sevmek bana kalmış, gitmek de sanki.
Hâlâ çocukmuş bu gönül.
Hemen incinip, gözlerime vurur olmuş yağmur...
Çok kırılıyor insan.
Sevmek sadece kavuşmak değil ki...
Bazen çok sevmek kavuşamamanın ta kendisiydi...

O yüzden yine bir eyvallah...
Yine bir inşirah sürme vakti geldi yüreğimize...

Artık

Artık yazmaya bile korkar oldum...
Cümleler devrildi,
Kelimeler hüzne boyandı,
Okuduğumuz gibi değil sevdalar...
Beklediğimiz gibi hiç değil... olanlar.

Şimdi hangi harfi kurban edip de sen diyim kıymetini tarifte acz kalırken...
Hangi süslü mecazların rüzgârında seni bulayım, kendimi kaybetmişken...
Yok can...
Perperişan yüreğim,
Anlıyorum kelimesinin yüreğimdeki versiyonu daha etkili...
Elif olmak...
Vav olmak...
İşte sevdalı olmak Elif gibi iken Vav gibi yeri gelince bükülmek...
Sözde değil, özde bunu bilmek...

Vardır bu gecenin de sabahı, her karanlık gecenin olduğu gibi...

Namaz kıl, dua et ve âşık ol.
Her şeyin nasıl düzeleceğini göreceksiniz.

Sevmeyi Bilmeyen İnsanlar

Toprak yollar biz yokken de vardı. Üzerine basmak için toprak yerine betonu kimin seçtiğini bilmiyorum ama o kişinin hayatında hiç âşık olmadığına eminim. Betonlardan yağmurun kaldırdığı kokuyu alamazsınız. Mühendislerin şairlerden oluşması gerektiğini düşünüyorum. Hatta sevmeyi bilmeyen insanlara bir şey yaptırmasınlar. Şu anki hâliyle dünya çok sırıtıyor. Şöyle bir kaçamak yapın beton binanızdan ve sırt üstü uzanın doğanın yeşil omzuna, sırtınızda o tatlı soğukluğu hissettiğinizde ağaçların arasından sizi yakalamaya çalışan güneşe bakın. Allah'ın ağacı gözünüz kamaşmasın diye canla başla sizi koruyor sanki, değil mi? İşte o an şunu diyorsunuz:

-Şehirler bu hâliyle olmamış, çok sırıtıyor. Betonların içinde yaşamak benim tercihim değildi, bu dünya bize göre değil. Mühendisleri şairlerin içinden seçmeye ihtiyacı var bu dünyanın.

Belki de sevmeyi bilmeyen insanlar bilenlerin imtihanıydı?
Yağmur, çay ve şiir de bu insanlara sabır için dünyaya hediye...

Ağaçların kökleri sımsıkı sarılmış şehirleşmeye direniyor, bizlere sevebildiğiniz kadar sevin der gibi. Herkes hak ettiği toprağa basmalı, yağmurda ayaklarını çalı çamura bulamalı, varsın biz pis kalalım, onlar şehirli. Hem yüreğinde bir Elif miktarı Hakk sevgisi taşıyanlar, toprağa basmayı hak etmiyor mu?

El'veda

Ne çok el'veda'lar biriktiririz içimizde,
sonra el'de var bir 'veda' kalır gidemediğimiz...

Belki de bir şiir olur kalır, tek bir mısrasını dahi bitiremediğimiz!
Yarım yamalak bir umut gizli içinde...

Lâ

Taşımaz bizim gibilerin yüreği bu âlemin derdini...
Sevgisi,
Sadakati,
Sabrı, her şeyi eksik...

Tanıyamıyorsam;
Her gün ezber ettiğim yüzünün çizgilerini,
adını her duama katık diye eklediğim seni, yâri,
dünyadaki her şeyin silindiği gözlerini,
nasıl alışayım yaşamaya?..

Söyle, nasıl bir mana bulayım solumda acıtıp yakana?..

Zaten bu dünyanın kalıcısı değiliz ki bu dünyalık tutaydım elinden.

Bu dünyadaki hicretim sanaydı, yüreğime ensar ol istedim...
Ahiretime ise sen eş ol diledim...

Biraz nefes.
Biraz mecâl.
Biraz yol...
Ya nasip olunur, bir olunur.
Ya da?
Şimdilik 'Lâ' deyip susuyorum, her şeyi hakkı ile gözeten,
bilen Rabb'ime havale ediyorum...
Ben sadece Allah rızası için seviyorum.

Yazamadığın

Dupduruydu,
masumluk yüzünde yeniden dünyaya geliyordu,
göz bebeklerinde henüz doğmuş yüzlerce ceylan bana bakıyordu,
yüzme bilmediğim denizlerde yüzesim geliyordu,
gözlerimi kapatıp yüreğini düşündüğümde,
Kalemden mürekkep akmıyordu...

Sevda kâğıda yazdığından öte, yüreğine kazıdığındır...
Yandığındır,
yandıkça susadığın,
susamalara doyamadığındır...

Nefsin istediğinde değil,

kalbin hissettiğinde sevmiş olursun.

Sabrın Demi

Yaşamadan, kaybetmeden anlamaz insanoğlu.
Değer verince eksileceğini sanır!

Asıl değerini vermediğinde eksilmez miydi sevgiler?
Sevgi biter demiyorum ama sevgi alır başını gider.
Kokusu kalır, sarılırsın geceleri.
Soluk ne zaman kesilir bilinmez,
Değer vermekle de değer kaybedilmez...
Aslolan gözleri dolunca üzülünce sevdiğin,
yüreğine sereceğin pamuklara sarabilmek...

Biz çayı boşuna sevmiyoruz.
Çay da dem sabrı gözetir,
Sabır da aşkta vuslata erdirir...
Demini eksik bırakırsan, sabrı da kalmaz canın.
Vuslatı sona erdirir.

Çayını demli içip, sevdiğini sabırla bekleyeceksin...

Şimdi içimdeki tüm sesleri susturup,
Huzuru yudumlama vakti...
Hayır olsun,
hakkıyla edilen her tevekkülün sonu gibi...

İnanmak

Deniz unutulur mu hiç? Özgürlük unutulur mu?
Bir seçim ise unutabilirsin,
bir kader ise unutamazsın.
Bir sevgili ise unutabilirsin,
sol yanın ise unutamazsın, insan solunu unutur mu hiç?
Nasıl gözlerini kapatınca bir şey görememen gözlerinin olmadığı anlamına gelmiyorsa, sevdiğinin yanında olmaması, sesini duymaman, sevdan olmadığı anlamına gelmez.

Düşündüğün bir şeyi unutabilirsin,
inandığın yol unutulmaz.

Kalbin Abdesti Gözyaşları

Sevmek;
inanmaktı,
varlığı tek olan Allah'a...

Her gün beş vakit namaz dışında
kalbe binlerce kez abdest aldırmaktı,
gözyaşlarıyla...

İncinmek

En kötü şey incinmek vesselam...

Gözümü kapattığımda, ruhum bir Filistin acısına
hapsoluyor...

Bir Bağdat ruhu bağışlanmış gibi bedenime,
üzerimde yeryüzünün ağırlığı,
bir bomba daha yaktı bir çocuğu,
davanız nedir ey dünya halkı,
kaç öfke daha kazacak bu insan çukurunu,
kaç çocuk şekeri daha karışacak toprağa,
kaçınızın şerefini toplasak yeşil gözlü bir Filistin çocuğu eder,
cehenneme kor gerek gidin artık,
karşılığında istediğiniz kadar şiir yazacağım!

Bir namaz sonrası yüreğim Kabe'ye dönük 'ümmetim' diyen bir Peygamber (s.a.v.) özleminde yanıyor. Modern zaman cehaletinin içinde nefes almaya çalışan bizleri görseydin de bir devir daha senle kapansaydı. Şimdilerde dilde kalıyor Müslümanlık, kalbe inmiyor. 'Allah rızası' altında kardeş kardeşi öldürüyor...

Cahiliye döneminin kara kuyuları şimdi ise beyinler,
o zamanki kız çocukları gibi hakikatleri diri diri gömüyorlar...

İnciniyor yürek işte...
Hele de aşk ile kavrulmuş bir yürek varsa, gözümün yaşı eksik kalır mı?..

Aşk-ı Allah...
Hani bir söz var;
Gözyaşları, dünyada dayanılmaz hâle gelen aşk ateşinin sönmesi içindir.

Bu sebeple Allah Resûlü (sallallâhu aleyhi ve sellem) şöyle buyurur: "Mahşerde cehennem kıvılcımlarının insanları kovaladığı hengamda, Cebrail (a.s.) elinde bir bardak suyla görünür. Ona, "Bu nedir?" diye sorduğumda bana şöyle cevap verir: "Bu, mü'min kulların Allah'a olan saygı ve bağlılıklarından dolayı döktükleri gözyaşlarıdır. Şu korkunç kıvılcımları söndürecek tek şey de bunlardır."

Hakkıyla ağlayabilmemiz, gözyaşlarımızın günahlarımızı bir bir dökmesi duasıyla...

Gerçek

Her şey şimdi gerçekliğinden uzak!
Büyük gibi gözüken denizlerin sığlığında yaşıyor ya insanlar...
Bir damla suda boğulmak bu olsa gerek...

Yüreğinin varlığı ile değil, sahip olduğu kimlik belgelerine
sıkışmış ruhsuz canlar...
Sonra bir sela daha yükseliyor...
Bir can daha toprak oluyor.
İşte diyor, fark edin, daha neyin kıymetindesiniz?..
Yaşamakla ölmek arası, santimlik kumaş farkında iken,
elini kalbine koyunca değil,
kalbini seccadeye serdiğinde anlarsın yaşadığını...

Sıcak bir gün,
hafiften serin rüzgâr,
dengeliyor yaşamak denilen anı...

Çayı da yama yaptık mı acıyan yanlara...
Emanet ettik sevdiklerimizi de emanetleri kaybolmayan
Allah'a...
İnşirah rüzgârları dengeler yürek yangınlarımızı da...

Sabah

Sabahın ezana kavuştuğu vakitten beri ayakta olmak!
Bu huzurun tanımı kelamlara sığmıyor.
Ve ardından yeni günün bereketini kucaklamak istercesine
dışarı atıp kendimi, saatlerce yürümek.
Her adım sanki şükre dönüşüyor...

Tabiat günün zikrine başlamış,
Her şey rahmete bürünmüş.
Yüreğe değen kömür karası günlerin getirdiği acılarımız var,
Hep taze kalacak...
Ama dualarımız da var,
Kurtuluşa kavuşturucak...
Ölüm en gerçek olan.
Geçecek bir dünya için sevdiklerimizi, canım dediklerimizi
üzüyoruz ya!
Gözyaşlarından yağmurlar bıraktırıyoruz ya!
Ah kalp kırmak...
Yakar, dağlar... İncinen yanlar.
Ve yine incetene dua dökülür, ona bir şey olmasınlar...
Hayatı yorumlamak değildir yaşamak,
Bir yanı hep hüzün, bir yanı huzurdur canlı kalmak...
Velhâsılıkelâm, gün cuma, gün hayr...
Bereketli kılanlardan olmak duasıyla...

Şimdi bir çayın deminde,
hüzünlü bir tebessümde tekrar güne Bismillah demek gerek...

Münacat...

Münacat 2

Onlarca yıldı yaşım;
yani, yaşımın bir rakam olmaktan çıktığı,
yıllandığı,
sensizlikle dertleştiği vakitler...
Yokluğunda geçen her saniyenin asırlık anıları var üzerimde.
Miladım saydığım, seni gördüğüm,
Kâlû Belâ'dan hatırladığım o günün detayları avuçlarımda.

Hasretti yaşım;
Ayaklarımı çamura bulayıp eve geldiğim yaşlarda başladığım
seni sevmelerim şimdilerde şiirlere bulanıyor.
Sensizliğin şiirini yazmıyorum,
sevmek bende neyse harf harf dökülüyorum...
Kalemin bile tutuştuğu,
hasretin yaktığı,
dumanı bile tütmeyen, kavrulmuş bir yüreğin yanışını,
senden başlayarak Rabb'e giden yolumu yazıyordum ben...
Yazmaktan da öte münacat ediyorum...
Hasreti, Aşk-ı Tevekkül edip yaşıyorum...

Manaydı yaşım;
Adın ki bende perde perde beşeriyet zincirlerini kopardıkça
ben manaya bulanıyordum...
Sevmenin sadece varlığın işi olduğunu söyleyenlerin arasında,
tüm ezberlerin ötesinde,
ben seni varlığından öte değil, yokluğundan öte seviyordum...
Ayrılıkların imtihanlarının birer perde,
Hakikatinse Rabb'e giden bir yol öğrendim...
Adın manaların en deriniydi...
İsmini söyledikçe üzerime mana işleniyordu...

Kokundu yaşım;
gül kokunun olduğu kâğıtlara tarif ediyordum seni,
gül kokunun olduğu kitaplarda geçiyordu adın...

Şiirdi yaşım;
Elif'i koyuyordum tam merkezine yaşadıklarımın,
öyle güzelleşiyor ki zihnim,
çiçekler açıyor sana yazdığım şiirlere benzeyen dağlara,
denizlerin rengi yeşile çalıyor Elif'i zikredince.
Yollar doğruluyor, hepsi tek bir yöne uzanıyor,
kuşların hepsi bana bakarak uçuyor
bir şeyler anlatmaya çalışıyorlar sanki...

Sesindi yaşım;
Her müzik zihnimde bir ekosistem canlandırıyor,
yani dağlar diyorum, nehirler, ağaçlar...
Her şarkıda farklı bir ortamda hissediyorum ruhumu,
orada yaşıyorum sanki ora benim kolum,
gözlerim, biraz da özleyişlerim...
Sesleri de hayal ettiğim o yerde sessizlik hâkim oluyor Elif deyince,
sonra bir ezan sesi,
titriyor gördüğüm her şey,
öyle etkilenmişim ki yağmur yağıyor sanıyorum,
Elif tarafındaki gözümden yaşlar akıyor,
dilimden sadece Elif çıkabiliyor,
elim sadece Elif yazabiliyor.
Kuşları takip edip, ezan sesine yürüyorum,
yeşilliğin parlaklığı öyle artıyor ki Elif'e yaklaştıkça,
bir yerden sonra aklımı terk etmek gözlerimi ellerimi feda etmek, sadece kalbimle ruhumla yürümek zorunda kalıyorum.
Elif'e benziyorum, onun yanında nefes aldıkça,
Elif diyorum..
Meğer bu yolda başıma gelen en güzel şeymiş Elif,
meğer Elif gibi Sevmek, Rabb'i sevmek,
O'na yürümek için de bir sevdayı sebep etmekmiş.

Sırlandı

Öyle deriz biz.
Bitti demeyiz.

Sonu olan, son bulur.
Sonsuz son bulmaz.
Bizim muhabbetimizin sonu Hakk'a çıkar,
Hakk'a çıkan muhabbet son bulmaz.

Yolumuzu,
yolumuzdaki her çakıl taşını seviyoruz.
Muhabbeti seviyoruz.
Muhabbete âşığız.
Sevenlerin muhabbeti son bulmaz.

Nasibimize dert düştüğü gecelerde,
Açar açar okuruz.
Bitmez.
Sırlanır.

Bu kitap için de
muhabbetimiz sırlanmıştır.

Allah'a emanetsiniz...

Hikmet Anıl Öztekin

HİKMET ANIL ÖZTEKİN'İN TÜM KİTAPLARI
100.000 ADET YENİ KİTAP
Hikmet Anıl Öztekin
fesleğen
'Bir' olana meftun o kızın hikâyesi...
hayykitap
TOPLAM 100.000 ADET
Hikmet Anıl Öztekin
eyvallah
Bir Eyvallah'ın var, gelse de gelmese de O'na yazacağın...
hayykitap
Hikmet Anıl Öztekin
eyvallah 2
Varacağını bilmediğin yola çıkar mıydın?
hayykitap
Hikmet Anıl Öztekin
elif gibi sevmek
Sevmek, belki bir gün okur diye şair olmaktır.
hayykitap
Hikmet Anıl Öztekin
elif gibi sevmek 2
yol elif ise yön bellidir
Seviyorum dersin, ya kısmetin olur ya imtihanın!
hayykitap

Dostlar, canlı yayın ve sohbet videolarımı
Youtube hesabımdan takip edebilirsiniz:
www.youtube.com/hikmetaniloztekinresmi

İmza günleri ve söyleşilerimi
sosyal medya hesaplarımdan ve
resmi sitemden takip edebilirsiniz:
www.hikmetaniloztekin.com